慢享

古典詩詞的節日滋味

琹涵

推薦序

心中有詩，生命無處不是動人的風景

臺灣師範大學國文系教授．潘麗珠

如果問我，什麼樣的作品可以不厭百回讀？什麼樣的作品可以多年以後依然令我付出款款深情？我的答案肯定與年輕的時候一樣：那回眸總是令人陶醉的芳姿，有韻的，見出古代文學家性情的，古典詩詞曲！

在繁忙的生活裡，品讀古典詩歌是一方足以安頓心靈的秘境，在吟詠諷誦之際，天光輕輕撥開雲影，透出煦煦柔和；彷彿有一股清泉伴隨的曉風，徐徐吹拂……於是，所有的疲累都放下了，所有的鬱悶都釋然了，就像在闃黑的暗空看見了亮起的熠熠星星。

許多人吃東西會追求「古早味」，卻不知道，心靈補給的古早味，就是歷經千百年依舊不退流行的詩詞曲。荷蘭漢學院的德國朋友史耐德教授曾對我說，他最欣賞李白的〈靜夜思〉，看起來簡單，卻慰藉了千百年來四面八方的遊子，讀著讀著，眼角一酸，淨滌心緒的作用就產生了。多麼簡潔又有韻味的感觸啊！

我們的社會、我們的心靈，有時候井然有序得像機械一般，有時又失序得像充滿了千萬隻無頭蒼蠅；有時候快意春風馬蹄輕，有時候卻風雨夜來寸心知；而無論有序、失序，得意、失意，總是因為缺乏詩情畫意的關係，日子，才變得與我們不相識。誠然，詩情畫意，畫意詩情，在歷經歲月風霜、汗濕雨淋之後，我們終於清楚地知道：那是多麼可貴而又不需花大錢、放長假，如此即可信手拈來的！只要——心中有詩，手中有載詩的書。

《慢享古典詩詞的節日滋味》就是這麼一本「心中有詩，生活有詩」的書，把古典詩歌融入了心靈品味，織進了許多生活回憶。琹涵女士的文字親切有味、誠懇自然，透過娓娓道來，生活中的點點滴滴與詩與詞水乳一般地，交融成趣，映照著昔日的霞光，閃耀著閱歷的清輝，帶著我們走進了詩詞的美麗與她的心境。

這一種書寫方式與坊間常見的古典詩歌著作極為不同，是一種新的嘗試，不以詩歌的詮解為標的，而以自我的人生觀照和體會藉古典詩歌作註腳，而實際上，也闡發了詩歌的精神、古典的情韻。

比如這一段：「窈窕的，是青春年華時的自己。如今，豐腴的體態早已定型，加以新陳代謝的改變，是很難再回到從前的苗條了。但是，只要我們仍保有健康的身體，能快樂充實地過每一天，就值得感恩了。」這是她寫唐朝詩人許渾的〈早秋〉：「**遙夜泛清瑟，西風生翠蘿。殘螢棲玉露，早雁拂金河。高樹曉還密，遠山晴更多。淮南一葉下，自覺洞庭波。**」回憶之前進到蒸氣室裡，與泳友聊天後所引出的中年情懷，與〈早秋〉的詩境情意頗相呼應。

筆者自己特別喜愛這一段：「書寫，其實是生命傷痛的出口，閱讀也是。很多人對書都有著各種比喻，我尤其喜歡明朝于謙在〈觀書〉詩裡說：『**書卷多情似故人，晨昏憂樂每相親。**』實在深得我心。」

看來簡單的文字，豈只是道盡了書寫與閱讀的好處，更重要的，是人生睿智的顯影，而這樣的睿智，實是因為心中有詩！琹涵女士在部落格裡這麼自我介紹：「我在靜默中，幽幽吐露著芳香，即使在寂天寞地裡，也努力把自己站成最動人的風景。」寂天寞地而能有力量站成動人的風景，那不就是心中有詩的緣故嗎？

有幸能夠拜讀琹涵女士的《慢享古典詩詞的節日滋味》，更加相信：讀詩，讓心中有詩，生命無處不是動人的風景！

寫在前面

感受節日詩詞之美

琹涵

年少的時候，我曾經有過很長的日子在讀詩詞，因為詩詞雋永而又美好，宛如顆顆晶瑩的珠玉，映照了我的生活優美、歡愉，也充滿了希望和遐想。

詩詞成了我最愛的隨身書，日子就像如歌的行板……

長大以後，經常有人稱讚我沉靜溫和，我知道，那是詩詞給予我的薰陶。我的好朋友曾經說我：「你像春日的湖水，波光瀲灩。其實，你的智慧也如一池湖水，寬闊卻深不可測。」這話不免溢美，若得一二，我明白，也來自詩詞給予我的啟發。

這些年來，我重新拾起讀詩詞的心情。不像年少時候的單純，只為詩詞之美而驚喜、而無限感動；如今，歷盡了紅塵滄桑，有太多不忍卒說的苦楚，詩詞終究成了心靈的撫慰，它像春風吹拂過枯寂的心田，帶來了一片新綠。

什麼時候適合讀詩詞？

每個日子都可以讀詩詞。

讓我們從自己最有感覺的部分讀起，因為喜歡，所以容易引起共鳴。可以在歡欣鼓舞時，讀情緒激昂的詩詞，彷彿那詩詞是為我而寫，酣暢淋漓。

可以在心情低落時，反而去讀歡喜的詩詞，讓我們的心緒不再低落，從而攀爬到充滿陽光的高處。

更可以依著節日來讀詩，吃粽子時，讀端午節的詩；賞月時，讀中秋節的詩；吃湯圓時，讀冬至的詩，還有除夕和新年……

詩詞裡另有天地，就跟著感覺走吧，隨心所欲，行住坐臥，都有美好的詩詞相伴，我們是多麼幸運的民族！

詩詞中出現節日的比例高嗎？

其實也一般。

創作者常透過種種的感發和觸動，把曾經發生在生活、生命中的諸多事件和四季或節日結合在一起，也讓我們有機會讀到這樣的作品。何況，詩人、詞人都敏銳，對季節的變化及節日的來到常有深刻的感受，融入詩詞中，也是理所當然的。

這本書以四季為經，節日為緯，是來自怎樣的發想？

四季都有詩詞，美麗的春光、蓊鬱的夏日、豐收的秋季、淒寒的冬天，觸動了創作者豐美的聯想和巧思，因而成就了不朽的篇章。四季中分別有不同的節日，也可以藉此看出我們是一個多麼懂得生活藝術的民族。每個節日的背後，都藏著典故，或引發了一些漣漪，也讓人想要一窺究竟。

這樣的編排簡單而不繁複，閱讀起來也別有興味，真心希望您會喜歡。

閱讀節日詩詞，該有怎樣的態度？

詩詞的作者多情而敏感，對節日常有不同的觀察和聯想，也替情境做了種種的譬喻，不一而足。

那麼，讀者呢？你同意，因而引發共鳴，深深被吸引；你反對，也因此有了不同的解說和創意。這，已經豐富了你的生命。

美好的詩詞，居然就是這樣，只要你打開它、親近它，你因而有了一個不一樣的自己，比往日，有更為豐厚的內在，也更有意味的人生。

有特別擅長描述節日的詩詞人嗎？

節日是不一樣的日子，詩人、詞人投以更多關切的眼光，是我們可以理解的。不管是身在節日之中的一團熱鬧，或是遠離節日的淒清和懷思，熱與冷，都別有情懷，發而為詩詞，也都引起讀者的矚目。

在我的記憶裡，並不覺得有人特別擅長寫節日的詩詞，只要是出於真情摯愛，只要是傑出的作品，千百年來，流傳不絕，讀者的數目恐怕也是難以估量的。

有誰特別擅長作節日的書寫呢？讓我們各自尋覓吧，那不也是一種趣味嗎？

可以從詩詞中獲得節日的典故和習俗嗎？

或多或少是可以的。

原因在於創作者從哪個角度切入。如果是從傳說、習俗、飲食寫來，我們或許得到的瞭解更多。如果是從情為發端，那就會有另一番感受了。

對我們來說，節日的詩詞也可以是一個引子，引發我們探索的興趣，讓我們更深入的去探究節日的來歷和影響，我們原本平淡的生活不也因此更加豐富而有變化了嗎？

讀不懂詩詞時，要如何做功課？

向師長請教
跟同學切磋討論
上網搜尋
到圖書館借相關的書來讀

如果，還是不懂，怎麼辦？

我的建議是，如果你真心喜歡，就先背起來。詩詞有音韻之美，在背誦的過程中，已經是一種享受了。幾年過去了，有一天，你突然記起來，必然是和眼前的景物相合，和心中的感受相應，那一刻，你恍然大悟。那首詩詞，令你難忘，也成了你生命的禮物。

如何從日常生活中體會詩詞的美好？

把詩詞當作是此生的良伴益友。

詩詞優美、精鍊，從來都要言不煩，字字珠璣。晨昏相伴，足以讓我們忘卻現實生活的粗糙和困頓，當我們擁有一個豐盈美麗的心靈世界，世俗的風雨憂愁就不足畏了。

至於，我為什麼會想要寫這樣一本四季節日的詩詞呢？

寫了《慢讀唐詩──愛上源自生活的美麗》，又寫了《慢讀宋詞──珍愛源自生活的深情》以後，我的朋友陳文龍醫師跟我說：「你為什麼不來寫一本有關節日的詩詞呢？我有一些教書的朋友說，如果能在節日時，吟誦出詩詞來，一定會讓學生們佩服不已，神氣喔！」

我一聽，不免莞爾。學生的人數從來就比老師多太多了，現在的學生古靈精怪，說不定他們將更早在書市中發現這本書，如果先「秀」出來的是學生，卻不知老師會如何接招了？

師生一起來競背詩詞？這倒真是遂了我的心願呢。

琹涵・二〇一一年 初夏

目次

推薦序——心中有詩，生命無處不是動人的風景 3
寫在前面——感受節日詩詞之美 7

春

年味淡了，懷念卻深——宋．王安石〈**元日**〉七言絕句 24
歡樂慶新年——清．孔尚任〈**甲午元旦**〉七言律詩 28
美麗的柑橘——唐．駱賓王〈**詠鵝**〉五言古詩 32

記得當時年少——唐・張泌〈**寄人**〉七言絕句 36
老街的戲院——唐・杜牧〈**金谷園**〉七言絕句 41
心底有流泉——唐・柳宗元〈**漁翁**〉七言古詩 45
單純的心情——宋・歐陽修〈**生查子・元夕**〉詞 49
心事誰人說——宋・辛棄疾〈**青玉案・元夕**〉詞 53
閒閒走走——宋・程顥〈**春日偶成**〉七言絕句 58
情誼——唐・無名氏〈**雜詩**〉七言絕句 62
飲啄之間——唐・孟雲卿〈**寒食**〉七言絕句 66
快樂過日子——唐・韓翃〈**寒食**〉七言絕句 71
攀向夢想之巔——宋・魏野〈**清明**〉七言絕句 75
昨日當我年輕——唐・杜牧〈**清明**〉七言絕句 80

夏

千葉田田——宋·楊萬里〈曉出淨慈寺送林子方〉七言絕句 88
吟詠是生涯——宋·蘇軾〈飲湖上初晴後雨〉七言絕句 92
垂掛夢的音符——宋·王安石〈書湖陰先生壁〉七言絕句 95
昨夜星辰——唐·溫庭筠〈瑤瑟怨〉七言絕句 98
詩詞的魅力——唐·賈島〈尋隱者不遇〉五言絕句 106
那白衣黑裙的時光——唐·孟浩然〈宿建德江〉五言絕句 111
母親的憂心——唐·孟郊〈遊子吟〉五言古詩 115
粽子——唐·杜甫〈天末懷李白〉五言律詩 120
傷心端午節——宋·張耒〈和端午〉七言絕句 126

秋

鄉間之美——宋・范成大〈村莊即事〉七言絕句 130
藝術家的家——唐・李白〈贈孟浩然〉五言律詩 134
絕美風景——宋・蘇軾〈贈劉景文〉七言絕句 144
菱角飄香——唐・李白〈蘇臺覽古〉七言絕句 147
仍然有夢——唐・許渾〈早秋〉五言律詩 150
情到深處——宋・秦觀〈鵲橋仙〉詞 155
書卷多情——金・元好問〈倪莊中秋〉五言律詩 161
中秋月色——唐・王建〈十五夜望月〉七言絕句 167
不寐的眼——唐・韋莊〈章臺夜思〉五言律詩 171

冬

書香——宋．朱熹〈**觀書有感**〉七言絕句 176

姊妹——唐．王維〈**九月九日憶山東兄弟**〉七言絕句 181

且訂重陽之約——唐．孟浩然〈**過故人莊**〉五言律詩 185

輕輕走過——唐．孟浩然〈**秋登蘭山寄張五**〉五言古詩 190

黃昏裡的惆悵——宋．李清照〈**醉花陰**〉詞 194

悲歡交集——唐．王維〈**酬張少府**〉五言律詩 199

夕陽山外山——唐．王維〈**歸嵩山作**〉五言律詩 203

輾轉紅塵——唐．孟浩然〈**與諸子登峴山**〉五言律詩 212

初冬的橘子園——唐．王維〈**鹿柴**〉五言絕句 216

冬日的清晨——宋・劉克莊〈冬景〉七言律詩 220
不一樣的感覺——宋・杜耒〈寒夜〉七言絕句 224
游泳池畔一朵花——宋・王安石〈梅花〉五言絕句 228
喜歡圖書館——明・于謙〈觀書〉七言律詩 232
溫暖與寒涼——唐・李商隱〈北青蘿〉五言律詩 236
那年冬至——唐・杜甫〈冬景〉七言律詩 242
傾聽寧靜——清・黃景仁〈癸巳除夕偶成二首〉其一 七言絕句 245
給夢想一把梯子——唐・崔塗〈除夜有懷〉五言律詩 249

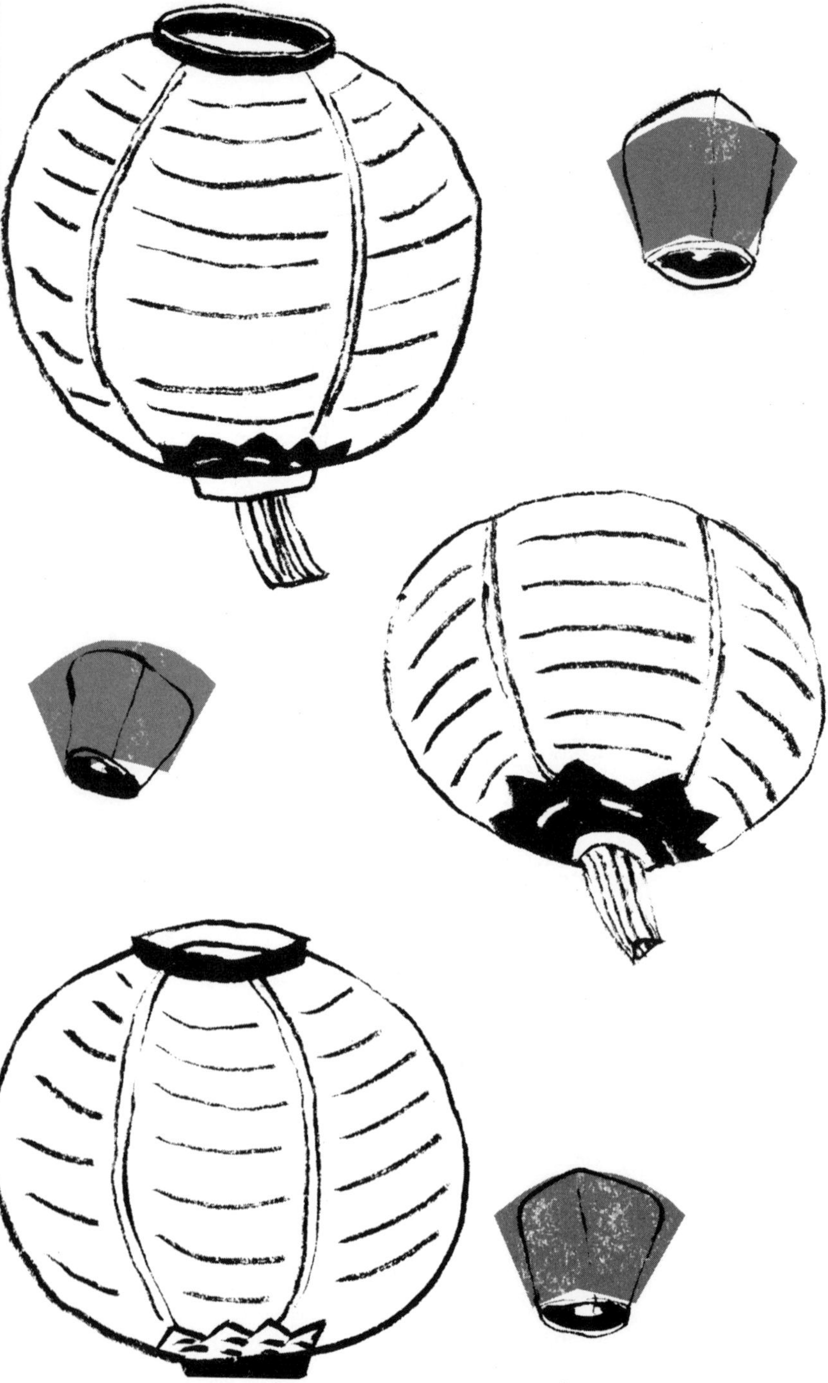

◉陽曆節氣　2月4或5日 立春・2月19或20日 雨水・3月5或6日 驚蟄・3月20或21日 春分・4月3或4日 寒食・4月4或5日 清明・4月20或21日 穀雨

◉陰曆節日　1月1日 春節・1月15日 元宵節

春

微風穿梭　花兒輕笑
歲月這般靜好
那翩翩蝶影
可是春日的小令
還是書家遺落的行草

年味淡了，懷念卻深

舊曆新年的腳步逐漸近了，大家都顯得很忙。

我讀宋朝王安石的〈元日〉：

爆竹聲中一歲除，春風送暖入屠蘇。
千門萬戶曈曈日，總把新桃換舊符。

你聽，在霹靂啪啦的爆竹聲中，舊的一年又要過去了，春風把溫暖的天氣送來，也帶來了新年，人們歡樂的暢飲新釀的屠蘇酒。當太陽升起時，溫熱的陽光照遍了千門萬戶，人人都撕下去年的舊春聯，再貼上新的春聯，好準備迎接新年的來到。

這首詩充滿了歡快與奮發向上的精神，有著喜氣洋洋的節日氛圍。辭舊迎新，縱使忙碌，心中也覺得歡喜。

我們也的確是這樣，有的忙於清掃，總要除舊佈新一番。有的忙於買辦年貨，要豐盛、要多樣，連平常捨不得的高檔水果、點心，現在都出手大方了。有的準備拜拜，祭神祭祖先……

我不太敢打電話去找朋友們，有的正在滷年菜，萬一電話裡說得興起，一鍋好料只怕就給燒糊了，前功盡棄，多麼的可惜。

想起年少時，老是巴望著過年快點兒來到，也恨不得天天都能過新年，只為了穿新衣新鞋、拿壓歲錢。不寬裕的童年，只有新年最是歡喜。雞鴨魚肉滿桌是，糖果餅乾隨意吃，這般的心滿意足，也只在過年這幾天。

當我長大，貧困的昔日已經不再了，隨著經濟的起飛，臺灣錢早已淹腳目。家家豐衣足食，然而，年味也一年淡似一年了。

如今，有許多的東西，花錢就可以買到。不必早早灌香腸、做臘肉，也不必自己燻雞、燻鴨、炊粿……省事很多，或許也沒有什麼不好，我卻悵然若有所失。

彷彿我向歡樂的童年告別了，我也向樸實無華的往日歲月告別了。年味淡了，對過往的懷念卻深了。

【王安石】

宋・一〇二一——一〇八六

字介甫，號半山，世稱「王荊公」。從小隨父宦遊各地，深知民間疾苦，立下「矯世變俗」的志向。官至宰相，曾大規模推動變法以期富國強兵，但因舊黨及富豪反對、用人不當等多重阻力而終告失敗。

主張文道合一，強調文學要適於世用。散文多為闡述時政與社會見解的論說文，無論長、短篇皆結構嚴謹、說理透徹精鍊。評價人物的小品文，筆力勁健峭刻，富有感情；山水遊記簡潔明快，記遊也說理，道理生動又有思想深度。

所作詩歌可以「罷相」為分界，前期多為關心時事及民生疾苦之作，擅長說理。後期流連於山水田園中，創作大量寫景詩、詠物詩，意境閒恬清新。重煉意又重修辭的五絕和七絕，被嚴羽《滄浪詩話》稱為「王荊公體」，影響當代及後世甚大。

歡樂慶新年

年節的歡樂，以新年為最。

年少的時候，新年總是我們最大的期盼。

在那個普遍匱乏的年代裡，也唯有新年是豐裕的。平日裡，父母節衣縮食，打理我們的日用三餐。開門七件事，柴米油鹽醬醋茶，樣樣都要張羅，衣食住行又哪樣不花錢？偏偏公務員的薪水就只有那麼薄薄的幾張，還有孩子們開學的學費、雜支，無一不傷神。年少的我們哪裡知道那麼多？只要把書讀好了，其他的時間就在大自然裡四處的玩兒，然後盼啊盼啊，盼望每個佳節的來到，我們心目中，新年可是一年裡最大的節日了。

可以穿新衣，可以放鞭炮，不會挨罵，還有壓歲錢可拿。

除夕要吃團圓飯，多麼的豐盛啊，飯後，我們領壓歲錢，大夥兒玩撲克牌，然後，我們說我們要守歲，這樣，父母才能長命百歲。可是，結果呢？我們經常不敵睡意的襲來而沉沉睡去，不知東方之既白。深夜裡，縱有鞭炮聲大作，也喚不醒早已沉入夢鄉的我們。

那時候，我們住在糖廠的宿舍裡，左鄰右舍年齡相仿的孩子多，平日玩在一起，過年更要結伴大玩特玩。有一年的舊曆新年，還曾引進了遊樂項目，最讓人矚目的是騎馬：有人拉著馬匹，讓我們乘坐，然後繞行操場一周，是要收費的。可是，沒關係啊，我們有壓歲錢。於是騎過以後，下來，再排到長長的隊伍之後，各個笑開懷，樂此而不疲……

長大以後，我讀到清朝孔尚任的〈甲午元旦〉：

蕭疏白髮不盈顛，守歲圍爐竟廢眠。
剪燭催乾消夜酒，傾囊分遍買春錢。
聽燒爆竹童心在，看換桃符老興偏。
鼓角梅花添一部，五更歡笑拜新年。

我的頭髮已經稀疏灰白了，實在經不起顛簸勞頓的折騰，但是為了全家的團圓，寧願圍爐守歲，整夜不睡覺。細心剪去了蠟燭的燭心，熄了燭火，把消夜餘下來的酒一飲而盡，我掏出口袋裡原本預備春天必須用到的錢，全分給了晚輩當壓歲錢。只聽到爆竹燃放的聲音響亮，我彷彿回到了童年時候的心情，偏愛看過年時，把舊春聯撕去，換上了新的桃紅春聯，那般的興致高昂。新的一年，有新的氣象，遠處傳來鑼鼓的聲響，也飄來梅花陣陣的幽香氣息，全家人在歡笑聲中守歲，度過五更，然後互道恭喜，祝賀新年。

詩很傳統，然而拿壓歲錢，守歲，互賀新年的歡喜洋溢。

這些年，父母老去，相繼凋零，年節的興味大減。唯有孩童，依舊睜著清亮的眼眸，興高采烈的數著、等著每一個佳節的來到。新年，更為他們所熱切期待。

新年，永遠都是屬於孩童的。

【孔尚任】

清·一六四八——一七一八

字聘之，又字季重，號東塘，別號岸堂，自稱雲亭山人，為孔子後裔。清初詩人及戲曲作家。透過結識明朝遺老及大量史料蒐集，創作出傳奇劇本《桃花扇》，以復社名士侯朝宗和秦淮名妓李香君的愛情故事為主軸，寫出明清交替時期的社會生活實況。也因《桃花扇》而與《長生殿》作者洪昇齊名，合稱「南洪北孔」。

美麗的柑橘

我正在讀初唐詩人駱賓王的詩，卻接到你快遞了一盒茂谷柑，多麼美麗的柑橘，映襯得我整顆心都歡喜了起來。

料峭春寒裡，連日的陰雨，今天方才放晴，我悠閒的讀詩，起先讀的是〈詠鵝〉詩，唐朝駱賓王在七歲時所寫，難怪被讚譽為「神童」了。童心可以引發天真的趣味，童趣也彰顯了童心的無邪。

詩是這樣寫的：

鵝鵝鵝，曲項向天歌。
白毛浮綠水，紅掌撥清波。

鵝，鵝，鵝，伸長著彎彎的脖子，向天唱著歌兒。雪白的羽毛浮在碧綠的水面上，紅紅的腳丫子撥動著清澈的水波。

以小朋友的眼光來觀察，也以小朋友的心靈來感受，另有一種童趣。描寫了春天裡鵝在嬉遊的情景，也讓我們彷彿看到了牠們浮游在波水中和彼此快樂的召喚，的確色彩明麗，影像也生動，是一幅清新的圖畫，更彰顯了那天真愉悅的心情。

然後我讀他的〈在獄詠蟬〉，以蟬來自況，「露重飛難進，風多響易沉。」詩人才情過人，卻因受到誣陷而入獄，「無人信高潔，誰為表予心？」心中的委屈、憤慨和悲涼，恐怕也是難以抹平的吧。

當我們年少，人生，在我們的眼裡，真的是漫漫長途，有著無限的憧憬和可能，然而，也會有波濤險惡，我們又如何能預知呢？從「神童」長大的駱賓王，仕途不順，迭遭困頓，加入徐敬業起兵，討伐武則天，因一篇〈代徐敬業討武曌檄〉而驚動天下，兵敗後不知所終。

這樣的人生彷彿傳奇，說傳奇，或許過於輕鬆，背後的辛酸血淚，想必都遠超乎我們的想像了……

哀傷不忍的情緒需要沉澱，我離開了書房，拿起一枚你送的柑橘，的確是長得豐盈而美，有點類似日本柿子。厚實點，也小些。表皮極為細薄光滑，多汁而且甜美，如蜜一般。

原來，此地的茂谷柑，是由美國的佛羅里達引進，由寬皮柑及甜橙雜交後，經系列試驗選育出來的一種桔橙類。呈扁圓形，色橙黃，果實飽滿、富彈性，還有重量感。

站在農業推廣的第一線上，身為學者專家的你，協助果農培育養成這麼甜蜜而又高品質的農產品，你的心中一定有著幾分的得意了。

謝謝你的分享，我的心情似乎也跟著好轉了，或者可以說，是這美麗的柑橘撫慰了我的落寞吧。

【駱賓王】

唐・六四〇——六八四

字觀光，為唐朝初期著名詩人，與王勃、楊炯、盧照鄰合稱「初唐四傑」。

詩作題材廣泛，包括隱逸詩、邊塞詩、抒志詩等等，後期常見憤激之情躍然紙上。五言律詩精工整煉，亦擅長七言歌行。名作〈帝京篇〉為初唐罕見的長篇詩歌，在當時被認為是「絕唱」。

記得當時年少

我在網站上瀏覽，無意間，居然看到了當年我讀初中時英語老師的名字，心中大喜過望。

其實，譚老師教我的時間很短，只有半年。印象會這麼的深刻，那是因為她不只書教得好，而且年輕美麗。

還記得她大大的眼睛，俏麗的短髮，剛從靜宜畢業，本科系。她上起課可嚴格了，學生們一個不專心，她的粉筆就飛擲而來，呵呵，還挺神準的呢。功夫不差，我指的是教學和擲粉筆。一次，有男生被罰站在黑板前，老師嫌他沒站好，還提起自己的玉足去踢……也因此，班上頑皮的男生在上英語課時總是安靜而聽話，沒有人敢造次，就怕那飛來的粉筆和功夫腿！

如今想來，年輕的譚老師哪有什麼力氣？該也屬於花拳繡腿吧。自愛的，是我們。

十三歲的我們，才剛進中學的大門，英語是全新接觸，有她的認真教導，替我們打下了不錯的基礎。

還記得，她才教了我幾個月，我就因十二指腸出血，請假一週。落下的功課，老師還要我去她家補課，全屬義務，不收分毫。我們住在同一個廠區的宿舍，距離不遠，師命不敢違，我還真的去了。老師家有著占地廣闊的大花園，繽紛的玫瑰怒放，是日式的寬宅大院。進了門，還得繞來繞去，對我，真是一個新鮮的體驗。老師來了，頂著從美容院新作的頭髮，還用髮網罩著。老師明天有約會嗎？這話我可不敢問。老師教了教我，還稱讚我的發音標準，至於還說了其他什麼？我已經不記得了，只記得那天，她溫柔的微笑如同陽光。

後來，美麗的譚老師結婚了、離職了、搬家了，我則到外地求學、教書，家也搬了，最後定居臺北。

原來老師很早就去了加拿大，聽說已經當了祖母了，那一定也是個漂亮的祖母。

至於，我們曾經住過的那個美麗的廠區，如今也已成為「南瀛總爺藝文中心」了，老師的家則被列為古蹟保存，所有過往的記憶宛如夢寐。

多麼像是唐朝張泌在〈寄人〉一詩中所寫的：

別夢依依到謝家，小廊回合曲闌斜。
多情只有春庭月，猶為離人照落花。

離別後，心中依然戀戀不捨，因此幾次夢裡又彷彿來到了你的家園，看見橫斜曲折的走廊和欄杆，醒來才知這不過是夢一場。世間最多情的，恐怕只有春夜庭前的月亮了，她依然殷勤的，為我們這些遠離的人，默默的照著地上的片片落花啊。

或許老師讀來，惆悵會更甚於我。不只去國離鄉，而當年曲徑通幽，宛如花園的故宅，真的也只能在夢中相見了。

感謝年少時，老師對我的善意和照顧，我依然記得的，是老師溫柔的微笑如同陽光。

唐．張泌〈寄人〉．七言絕句

【張泌】

唐末——五代初・生卒年不詳

字子澄，晚唐詞人，為花間派代表人物之一，詞風清麗，介於溫庭筠、韋莊之間。現存二十七首詞收錄於《花間集》中。

老街的戲院

重回舊時地，也尋訪了當年老街的戲院。

那家戲院在麻豆小鎮的中山路，小時候我經常去那兒看電影。年紀太小時，跟著父母進出戲院，後來稍稍大了一些，就自己跟同學去看電影。讀高中和大學時，我在熱鬧的大都會，習慣單槍匹馬，連趕幾場的看，直看到眼睛痠澀淚流不止。我，其實是夠格列名「影迷」的。

我怎麼會那麼愛看電影呢？弟弟也是。他讀大學時，平均每個月至少要看三十場以上，簡直住到電影院去算了。我後來發現，原來爸媽也愛看，喔，看電影也會遺傳的。經過我的查訪，喜歡讀小說的人幾乎各個都是影迷，小說家更是大影迷，說起電影經來落落長，如數家珍，且樂此不疲，教人不驚嘆也難。年少的時候，我還曾在報上看到有作家說，當他文

唐・杜牧〈金谷園〉・七言絕句

思枯竭時，就去看電影，然後把劇情加以改寫，如結尾的悲劇改成喜劇，喜劇則改成悲劇。我看了覺得有趣，稿費居然是這樣「騙」來的嗎？

老街的戲院據說建於一九三五年，一九三七年開始營業。當然，在那麼久遠以前的年代，我根本都還沒有出生。它原本是兩層樓的建築，如今看來，是有些歲月的滄桑了。正面外牆上，高處的左右兩邊各有七隻西式的石獅浮雕，聽說是隱喻每週放映七天不休息的意思。鋼筋水泥的建築，具有巴洛克式的風格。當電影工業日漸式微時，它也不敵景況的蕭條，早在二十多年前就已經歇業了。

歲月流轉，老街畢竟不能免於灰敗，我心中想起的是唐朝杜牧的〈金谷園〉：

繁華事散逐香塵，流水無情草自春。
日暮東風怨啼鳥，落花猶似墜樓人。

我在金谷園裡遊玩，往日的顯赫繁華，早已隨著香塵而消逝殆盡了，不曾留下半點痕跡，只見到流水依舊淙淙的流著，草木獨自在春天裡開著花，是因為無情，才能這般的無感吧？當暮色已臨，東風緩緩吹拂，只聽得啼鳥的哀怨聲聲傳來，眼前飄飛的落花，讓人驚疑竟像是當年跳樓的美人啊！

我憑弔的心情，竟也有著幾分類似。縱使景物依舊，我們卻再也回不到從前了，更何況世事多變，人生是這般的無常，只為我們留下了一聲嘆息……

二〇〇七年的坎城影展為了歡慶六十週年，曾經邀集全球二十位知名的大導演，以戲院為題材，各拍出三分鐘的短片。侯孝賢導演特地到小鎮來商借這家戲院作為電影的場景，那年參與演出的是張震和舒淇，也可見這家戲院的確頗具有歷史和特色。

我曾有過許多年少時的記憶，都在這家戲院裡。歲月悠悠，我長大了，它也更老了。它，是電姬戲院。

【杜牧】

唐・八〇三——八五二

字牧之，號樊川。祖父杜佑曾任宰相。杜牧在家族中排行十三，因此根據唐人的習慣，被稱為「杜十三」。曾任中書舍人（中書省別名紫微省），人稱「杜紫微」。在晚唐成就頗高，時人稱其為「小杜」，以別於杜甫；又與李商隱齊名，人稱「小李杜」。

杜牧詩文皆佳，是晚唐著名的詩人和古文家。晚唐文人大多喜作律詩、絕句，不擅於長篇五言古詩。這正是杜牧備受矚目之處，他的長篇五言古詩氣骨遒勁，也擅長七律。深受韓愈的古文影響，注重思想內容，而輕詞藻的華麗。

總之，其詩英發俊爽，為文尤縱橫奧衍，多切經世之務。

心底有流泉

初春的早晨，天空是淡藍的顏彩，有白雲緩緩的行過，陽光輕灑，在這個美麗如畫的日子裡，我也正在窗前讀唐詩。好詩，也如同我們心底的流泉，彈唱出屬於生命的美好音符。

有一首詩，是唐朝柳宗元的〈漁翁〉：

漁翁夜傍西巖宿，曉汲清湘燃楚竹。
煙銷日出不見人，欸乃一聲山水綠。
迴看天際下中流，巖上無心雲相逐。

唐．柳宗元〈漁翁〉．七言古詩

有個漁翁傍晚的時候在西面的岩石上休息，早晨汲取清澈的江水來梳洗，並且燃燒楚竹為薪。在雲煙散盡就要日出的時候，已不見了他的蹤影，只聽到他搖櫓的歌聲迴盪在青山綠水之間。回頭一看，他已駕舟行至天際的中流，岩石上只有無心的白雲正互相追逐著。

這首詩描述了漁翁一天的生活情景，充滿了恬適自得的況味，多麼讓人欣羨。

漁翁的作息規律而單純，在美麗的山水間閒適地過日子，那是多少人心中的嚮往啊。柳宗元的好文筆呈現了這簡單與悠閒的生活情景，意境多麼優美，如一幅恬靜的畫。

這首詩寫了一個在山青水綠處，獨往獨來的「漁翁」，也透露出詩人寄情山水的襟懷。很能寫出詩人恬淡的內在世界，我很喜歡。看來好似與世無爭，其實是心中的「有所不為」，也由於那樣的一份執著，使他不同於流俗。既不肯同流合污，也難免為世俗之人所譏諷；然而，鐘鼎山林，實在各有天性，又哪是強求得了呢？

唉，寧可過著閒適的生活，寧可與山水相伴，寧可「巖上無心雲相逐」，至於紅塵名利和世上的達官貴人，又哪裡在自己的眼裡？

我讀這樣的詩，卻也彷彿讀的是詩人的心情。雖然，我並沒有隱居或自我放逐的打算，我只是一個文學的傾慕者。然而，能讀到如此精純的詩，也覺得是幸福的。我始終相信：是什麼樣的人，才能寫出什麼樣的作品來。由於詩中所映現的情懷高遠，那麼，更不免令人遙想柳宗元的心境了。

這首詩讀來，有一種寧靜和諧的氣息，特別讓人喜愛。我也彷彿聽見心底的流泉，那涓涓的水聲，彈奏出來的是何等悅耳的清音！

【柳宗元】

唐・七七三——八一九

字子厚，唐朝河東郡（今山西省永濟市）人，世稱「柳河東」。二十一歲中進士。最後的官職是柳州刺史，又被稱為「柳柳州」。與韓愈同為中唐古文運動的領導人物，並稱「韓柳」，為唐宋八大家之一。

柳宗元主張「文以明道」，「道」指的是儒、佛、道三家。他的散文多能言明事理，引出道的內容。擅長山水遊記、寓言、傳記文、政論文。著名作品有《永州八記》等。

柳宗元的詩多抒發個人遭貶離鄉去國的悲憤心情，也有反映田園生活的，如〈田家三首〉真實地映現了農民的生活，也蘊含著對農民的同情。他的寫景詩深雋明徹，則寄託了詩人本身的性格，如〈江雪〉、〈漁翁〉等。前人常將他與韋應物並稱「韋柳」，他的詩風也與陶潛近似。

單純的心情

單純的心情，其實就是歡喜、平靜的心情。

最近我們經常想起好朋友惠，面對婚姻困境的她，是不是已經找到了解決的良方？是不是仍能擁有喜樂的心情？

感性的惠，進入婚姻以後，一直是不快樂的。當兩個兒子都讀了大學，能獨立了，她終於離家出走，而從來大男人的先生依舊不明所以，有了種種猜測，卻沒有一樣是正確的。惠只是希望能得到尊重，至於侍奉公婆、繁重的家務、職場的壓力……她從來不曾有過絲毫的怨言。

如果她的先生不肯虛心檢討，老是把所有的過失都推向惠，想要破鏡重圓，恐怕就困難重重了。

暫時分居，讓雙方有冷靜思考的機會，也是一時的權宜之計，只是不

宋．歐陽修〈生查子．元夕〉．詞

好拖得太久。

婚姻困境的棘手，在於錯綜複雜，剪不斷，理還亂，更需要撥開層層的雲霧，抽絲剝繭，只要當年的初心還在，或許覆水仍可重收。

相形之下，單純的心情就顯得可貴了。

想起小時候，單純的悲喜、單純的生活、單純的環境……而這些單純的幸福，其實來自單純的心情。

什麼時候一切都變得複雜了呢？當我們入世越深，單純便被遺落。越複雜，我們也越不快樂。

人多、事情多，機關處處，帶著假面的人，我們不易察覺他的誠懇，何況善惡難分、真假莫辨，我們得時時提防，以免落入陷阱。其實也是很累的。

夜深人靜時，我們常要問：能不能回到單純的昔日？

或許不易，但我們可以重拾赤子之心。

還記得，我年少時，曾讀過一闋簡單而有味的詞，那是宋朝歐陽修的

〈生查子・元夕〉：

去年元夜時，花市燈如晝。月上柳梢頭，人約夕陽後。
今年元夜時，月與燈依舊。不見去年人，淚濕春衫袖。

記得去年元宵節的晚上，街市的燈火映照得如同白晝一樣。明月高高懸掛在柳樹的梢頭，我和心上人相約在黃昏後。

又到了今年元宵節的晚上，月光與燈光和去年一樣的明亮，只是再也見不到心上人了，傷心的淚水，滴滴落下，沾濕了我的衣裳。

景物依舊，心境卻已全非，怎不讓人興起無限的惆悵呢？……

細想來，只要我們能保有單純的心情，複雜的事情，也可以試著單純處理。把繁複的日子給過得單純，刪去不必要的枝節，直指本心，真誠、樸實、感恩、謙卑、寬厚……如此，我們會不會更快樂一些呢？

我相信：單純的心情，才是最美的心情。

宋・歐陽修〈生查子・元夕〉・詞

【歐陽修】

宋・一〇〇七——一〇七二

字永叔，自號醉翁，晚號六一居士，有《六一詞》傳世。

歐陽修是北宋詩文革新運動的領袖，為唐宋八大家之一。蘇洵父子、曾鞏、王安石皆出其門下。在散文、詩、詞方面都卓有成就。

他的詞多寫男女戀情、傷春怨別，也有寫景抒情、表現個人抱負和身世之感的詞作，雖未擺脫五代詞風的影響，創新的成分少，但文詞間真情流露，亦富有文學價值。南宋羅大經《鶴林玉露》即說：「歐陽公雖遊戲做小詞，亦無愧唐人花間集。」

歐陽修的詞在抒情和形象上都有所發展，更向民間學習，以通俗生動的口語入詞。雖然受馮延巳與晏殊的影響，卻能蛻變出新，成就更在晏殊之上。

心事誰人說？

如果你有心事，心事要向誰說？

小時候，我跟媽媽說，跟前跟後的說，所以我和媽媽一直有著很親密的感情。

長大以後，我跟好朋友說，手帕交啦，閨中密友啦。呵呵，幸運的，我在人生的每一個時期都有知心好友，且常保持聯絡。我知道，即使在夜半時候，若我遇到急難，除了我的家人，他們都可以一通電話飛奔而至。我常和朋友們見面說話，或電話或網路說話。也許，你會說：「難道他們不煩嗎？」好像沒有人表示厭煩哪，我還得常常摺疊起自己的心事，免得他們擔心。只是，有些事瞞得過，有些不能。最後是他們氣急敗壞的說：「以後這種事一定要告訴我，絕對不可以再隱瞞，如果你認為我真的是你

宋・辛棄疾〈青玉案・元夕〉・詞

的好朋友！」聊天時，我不是一個愛抱怨的人，常常聽的多說的少。有時候，聽完她們的難題時，我覺得自己的遭遇也太尋常了，根本不值得一提，就也不說了……

那天，我又和朋友們見面吃飯，吱吱喳喳的，好不熱鬧。座中有一個男性朋友還笑笑的說：「你們的話，真不少呢！」

我突然想到：「那，你們呢？你們男士，如果有心事，會跟誰去說？」

「異性朋友。」

「可是說多了，說久了，恐怕會出問題吧。」

他點點頭。拿捏的分寸，多麼不容易。擦槍可能走火，紅粉知己是這樣來的？婚外情是如此演變而成的？

為什麼男士們彼此不愛談自己的私事？是因為他們處於競爭的狀態？說心事，會是一種示弱的表現？

當然，也有異性之間保持良好友誼的，也有男性之間相互吐露心事的，然而比例恐怕極為低微。有的是多年友情的累積，已經是接近手足的感情了。有的則是上天恩賜的禮物，可遇而不可求。

或許，我們真正冀望的是一個人生知己，可以分享悲喜，可以莫逆於心？

我喜歡的辛棄疾，有一闋〈青玉案・元夕〉的詞：

東風夜放花千樹，更吹落、星如雨。
寶馬雕車香滿路。鳳簫聲動，玉壺光轉，一夜魚龍舞。

蛾兒雪柳黃金縷，笑語盈盈暗香去。
眾裡尋他千百度，驀然回首，那人卻在，燈火闌珊處。

夜裡，東風彷彿吹開了長滿鮮花的千棵樹，又好似將夜空的繁星吹落，竟像陣陣的星雨一般。華麗的香車寶馬在路上來來往往，千萬種醉人的香氣瀰漫著整個街道。動人的樂聲四處迴盪，直如鳳簫和玉壺在空中流轉飛舞，元宵喧鬧的夜晚，只見魚龍形的綵燈不斷在翻騰。

美人的頭上戴著晶亮的飾物，刻意的裝扮，也在人群中穿梭著。她們臉上的微笑，和歡樂的話語，帶著淡淡的香氣從人群前經過。我找了她千百次，都找不著，就在不經意間一回頭，卻看見了她站立在燈火闌珊的地方。

我們在人世間的苦苦尋覓，不也常是這樣嗎？

你呢？如果你有心事，你會跟誰去說呢？

#【辛棄疾】

宋・一一四〇——一二〇七

字幼安，號稼軒。生性豪爽，崇尚氣節，有俠義之風。一生以收復中原為職志，但一直未受朝廷重視，終以報國無門，抑鬱而死。

詞與蘇軾齊名，世稱「蘇辛」，是繼蘇軾之後，將詞的豪放風格發揚光大，使之蔚為一大宗派者，有《稼軒長短句》傳世。由於一生皆處於不得意的政治環境中，因此在辛棄疾的詞中，抒寫愛國思想之作占有極為重要的地位，詞作交織著意氣風發而又沉鬱悲涼的心情。

其所開創的豪放詞派，衝破了音律限制，大量吸收口語及古語入詞，而有詩詞散文合流的現象，技巧上多用比興手法，進一步擴大了詞的表現，達到了宋詞發展的新高峰。辛詞風格多樣，有豪放雄奇、溫柔婉約之作，也有不少恬靜清新描寫鄉居生活、田園風光的作品。學者陳弘治《唐宋詞名作析評》中說：「詞到了稼軒，風格和意境兩方面都大為解放。他以圓熟流走的筆鋒，寫出悲壯淋漓的歌聲，替中國詞壇上留下一個永久的紀念。」

閒閒走走

涼涼的春日，我到外頭閒閒走走。

是景氣非常不好嗎？逛街的人明顯少了許多，每家店裡，看的比買的多，其實，連那看的也不過幾個人。

有好一陣子，聽說出國玩的人也跟著少了，有些旅行社歇業了，顯然經營不易，難以支撐。朋友卻說：「我們應該在臺灣玩，擴大內需啊，有錢，先給自己的同胞賺；何況，臺灣也很美，真是一個寶島。」此話我同意。這些年來，在政府的大力提倡和培植之下，許多原本樸實的小鄉鎮都有各自的特色，增添了人文藝術的光彩，很值得一遊。我們生於斯，長於斯，哪能不認識就在自己腳下的這塊土地？

走過二二八紀念公園時，我發現圍牆已經拆去，裡面的老樹、亭臺都一一呈現在眼前，另有一種寬闊、毫無遮攔的美。我想，我真的好久不曾往這個方向走了，它給了我耳目一新的驚豔。

好想走武昌街，老詩人更老了，早已不擺書報攤了，倒聽說另有一個寫散文的女作家也在「明星」咖啡屋附近賣手工包包……街上的行人匆匆，大家都忙吧？忙著拚經濟？但願不是瞎忙。我在武昌街上望了望，還是下次吧，下次再來仔細尋訪。有粉絲找上門來，作家會很開心吧。

以前常愛到西門町看電影，讀大學時更是瘋狂，電影一場接一場的看，看得眼睛痠澀，險險就要壞掉。做事以後，由於交通的便捷，總統、真善美、豪華、絕色……都是我經常光臨的戲院。

真是悠閒啊。我記得宋朝程顥有一首〈春日偶成〉的詩：

雲淡風輕近午天，傍花隨柳過前川。
時人不識余心樂，將謂偷閒學少年。

宋．程顥〈**春日偶成**〉．七言絕句

天上飄浮著淡淡的雲朵，春風正輕輕地拂上了我的臉，就快到中午了，我漫步在花叢之間，隨著垂柳來到河邊。世人並不知我心裡有多麼的快樂，卻說我是偷閒學那些四處游蕩的少年。

很有閒居自得的樂趣，一個人能夠活得自在，內心沒有罣礙，那麼日日都是好日。春天來到，萬物滋長，眼前總是一片盎然的生意，大自然是這般的和諧美麗，我們又為什麼要不快樂呢？

閒閒走走，十分歡喜自在，可是，在涼涼的春日裡，當微風輕拂，原本塵封的往事被掀開了一角，何以竟然有著幾分惆悵上我心頭？

【程顥】

宋・一〇三二——一〇八五

字伯淳，號明道，世稱「明道先生」。為北宋著名的理學家和教育家，與其弟程頤一起創立「天理」學說，提出以「理」為中心的唯心主義哲學。不僅復興儒學，亦為宋朝理學奠定基業，世稱「二程」。曾任中央官職，因反對王安石新法而被貶。宋理宗封之為「河南伯」，元文宗加封為「豫國公」。

情誼

一九八七年，我仍在白河教書。

寫作多年，我其實很少關心自己要寫些什麼東西？或許是因為教書已經花去了太多的心力，餘暇有限，能繼續寫就是歡喜了。

我的確遇到了一個很好的主編，她是中華日報的吳涵碧，每當我出了一本新書，她總要問我：「準備下一本要寫什麼呢？」

天啊，其實這個問題我從來不曾想過。經她這麼一問，我就胡亂的回答，或說校園故事，或說語錄……有趣的是，多年以後回顧，居然都在冥冥之中符合了當時的說法，真是不可思議。

一九八七年，我的寫作遇到了瓶頸，散文還要繼續寫下去嗎？或者換一種題材來寫呢？

我想試著來寫報導文學。我的同事們夠熱心，給了很多的建議。即使，他們喝了一碗冰，吃了一碗麵，只要有特殊之處，就叫我去寫，就這樣，我還寫出了一系列的飲食文章。

現在想來，每篇文章的背後都有他們的善意和溫暖的支持。

比較特別的是，我寫〈香醇的背後〉。〈香醇的背後〉，寫一個退伍老兵以傳統古法來做冬瓜茶，的確費時費事，然而卻也特別香醇。不過是小本生意，竟然可以如此的敬業，秉持著「堅持、服務」的信念，一絲不苟，的確很了不起。

我提著錄音機，實地訪談，也參觀了他工作的地方。

〈香醇的背後〉先在報章發表，後來我寄了一份剪報給文中的主角孟銓孫先生，他在九月二十九日的回信裡寫著：「所謂傳統式釀造的冬瓜茶，既要符合大眾的口味，更要兼顧衛生的標準與消費者的利益，讓吃過的人回味無窮，使新來品嘗的人一飲成癮……」流暢的文字，你會相信那是出自市井小民，一位賣冬瓜茶者之手嗎？

其實一個人能重視品質與道德，生意也必然興隆。

只是，臺海阻隔，他的故鄉在回不去的遠方，雖然孑然一身，後來聽說他有個養子，頗為孝順，臺灣是他安身立命的地方，原是異鄉，日子久了，竟也成為故鄉。

如果，他讀到唐朝無名氏的〈雜詩〉，感觸必然更深於我們吧。

這首七言絕句是這麼寫的：

近寒食雨草萋萋，著麥苗風柳映堤。
等是有家歸未得，杜鵑休向耳邊啼。

臨近寒食節的時候，綿綿的細雨落個不停，在雨水的滋潤之下，草色青青，一片豐茂。春風款款，輕輕拂過了麥苗，楊柳也映綠了堤岸。唉，如今我是作客異鄉的遊子，縱使有家，卻也回不去了，杜鵑的聲聲「不如歸去」，就請千萬不要在我的耳邊啼喚。

鄉愁如此深濃，豈不牽引得遊子淚落滿襟了？……

多年以後，我早已北遷，偶而南下，路過新營，還曾經去看過他，溫煦的言語和態度，他給我的印象一直是很深刻的。

我，一個教書的老師，卻因為寫報導文章，而和賣冬瓜茶的孟老闆成了忘年之交，也是生命旅程中一件讓人難忘的事。

一晃眼，我寫作也有三十年了，文學的路途艱辛而又遙遠，感謝這一路行來，點點滴滴，溫暖了我的心。

飲啄之間

年輕時候非美食不歡，每天都眼觀四方，忙著處處打聽：哪裡有好吃的？能讓人一吃難忘而又物超所值的？一翻開報章雜誌，愛看的也總是「飲食情報」。一得空，就趕緊招兵買馬，殺將前去，不辭路遠，不嫌銀兩耗費，為的只是口腹之欲。

好大的興頭啊！然而，當時也覺得理應如此。人生在世，不過數十寒暑，轉眼即過，吃點好吃的，祭祭五臟廟，也稱不上罪大惡極吧。

那時候，和我同辦公室的，有個男士老要擔心他的體重，每每都說：「不能再吃了，會胖的。」這話聽來刺耳。有一回，我終於忍不住的說：「會胖的人，即使呼吸也是會胖的啦。」彼時我正青春，體重三十八公斤。

當然，我們那「美食團」依然南征北討，勇往直前。不想幾年以後，結婚的結婚，調走的調走，很快的也就煙消雲散，宛如一夢了。

我有個好朋友，她吃的不多但講究質精，且說得一口好菜，後來才知是家學淵源，她的姊姊還是出名的美食家，定居國外。有一年姊姊回國省親，她在天香樓設宴款待，美食家豈容含糊過關的？我很好奇，「姊姊滿意嗎？」

「總算眉開眼笑，沒有發脾氣。」原來，所點的菜，都是經過行家的獻策，當然就萬無一失了。

可惜後來，我對美食的興趣一日比一日冷淡。一方面是工作忙，不太有空四處探訪；一方面是體重日增，也幾乎到了「即使呼吸也會胖」的地步，當年不知那話的傷人，如今可是天罰我，自作自受了。現在我對飲食毫無興趣，總是到了吃飯的時間，才去冰箱翻找，再立即決定要吃什麼？簡單就好。想起以前的非美食不歡，簡直不可思議。

朋友之間餐敘，這是常有的事，我也總是覺得選個交通方便的餐館就好，目的在說話聊天，至於吃什麼，好不好吃，根本不重要。

最近，我有個朋友得了徵文比賽優勝，為了感謝我的鼓勵，特地要請我去吃日本料理，一客兩千，我立即婉謝，我不敢吃生魚片啦。而且，兩千塊也貴，倒不如捐給弱勢團體，還更有意義一些。

物質環境還算寬裕的我，每每想到非洲饑民的匱乏，常心生不忍。最近，我讀唐朝孟雲卿的〈寒食〉一詩：

二月江南花滿枝，他鄉寒食遠甚悲。
貧居往往無煙火，不獨明朝為子推。

江南的二月，正是繁花盛開的時節，一片如煙似霧，而我獨自遠在他鄉，偏又遇上了寒食節，內心感到無限的悲淒。貧窮的生活經常三餐不濟，不見爐灶煙火，正好不必為了明天的斷炊習俗，去紀念古代的寒士介子推啊！

原來，古時的讀書人也有那時運不濟、飲食如此困窘的，何其令人同情！相形之下，我們得以在安定的時局裡讀書工作，上天給予了怎樣的恩典……

如今，我的飲食越來越清淡了，頗能符合養生專家的要求，雖然距離美食日遠，我也甘之如飴。活得健康而有意義，恐怕才是我更為關注的目標吧。

唉，一飲一啄，莫非也是前定？

【孟雲卿】

唐・約七二五——不詳

字升之，生在唐朝由盛轉衰的劇變時期，以樸實無華的詩風反映社會現實，詩歌大多以感慨道德風氣衰落為題，受元結、杜甫所推崇。杜甫認為其詩源自李陵、蘇武，而元結則將孟雲卿與其他六位同樣力矯時習、回歸淳樸的詩人一同編入《篋中集》。

快樂過日子

「快樂過日子」是我對自己由衷的期許，也是我對周遭朋友真誠的祝福。

現在的人越來越不快樂了，時局的紊亂、經濟的衰退、價值的崩毀、夢想的失落……都使得我們心中的快樂逐漸被侵蝕，甚至消失了。當快樂遠去，我們只是行屍走肉的活著，沒有遠景，看不到希望，真是一種深沉的悲哀啊。

其實，快樂也可以努力去爭取。記得，母親在我們小的時候，用盡各種方法讓我們明白：「在這個世界上，有比名利更值得追求的目標，例如快樂和理想。在我們的一生裡，如果只是追名逐利，並沒有多大的意思。」也許，就在她言教身教的薰陶之下，在她不斷的耳提面命之餘，她的兒女果真擁有比較快樂的人生，盡本分、有理想、淡泊名利、與人為善。

每當我享有今天安恬自在的生活，我就衷心感謝母親的教誨。我們奉行儉樸，不妄花一塊錢，行有餘力，慈善捐款不落人後。我們愛讀書，與古今聖賢為友，也受到他們的潛移默化，啟迪智慧，擁有豐美的精神世界，讓我們即使處在達官貴人之間，也依舊不卑不亢，進退從容。山水有清音，我們熱愛這塊土地，重視環保，願能建設而為人間的桃源。我們追求大眾的福祉，而非一己的私利，更要大聲的疾呼：唯有群策群力，我們才有未來的美景。

我們不只希望個人快樂，更希望大家快樂。當大環境變得更好，一己也才能享有這份「好」，否則，向下沉淪，就別談對將來的期待和發展了。

有一天，我讀到唐朝韓翃的〈寒食〉一詩：

春城無處不飛花，寒食東風御柳斜。
日暮漢宮傳蠟燭，輕煙散入五侯家。

暮春的時候，京城裡的落花四處飛舞，寒食節的東風，把御花園裡的楊柳都給吹拂得些微傾斜了。日落時，漢宮裡正傳點著蠟燭，縷縷輕煙散入了五侯的豪華之家。

寒食節本應禁火，然而皇帝竟賞賜燭火給近臣，不免有嘲諷之意。一個國家倘若不能上下一心，還能談什麼長治久安呢？

然而，即使如此，我們仍舊應該從自己做起。

快樂，會不會在遙遠的他方，尋覓不易呢？其實，它就在我們的心中，不假外求。我們要發覺、珍惜並保有它。讓快樂無所不在，也讓快樂相互感染和傳播。

當我們能快樂的過日子，這是天大的福分，其中應有上天的疼惜和成全，當然更要和別人一起分享。

【韓翃】

唐・生卒年不詳

字君平，天寶十三年（七五四年）進士，為大曆十才子之一。為詩興致繁富、工整清麗，注重詞藻和技巧，多為流連光景和唱酬贈別之作。

攀向夢想之巔

朋友問我：「這一生，你最佩服的是誰？」

我毫不遲疑的回答：「愛迪生！」

是愛迪生發明了電燈，而我相信，電燈的發明改變了全世界。它，不只推進了科學的向前飛躍發展，讓整個世界因而大放光明；它，更讓人們告別了黑暗和不幸，向光亮的所在行去，從而有了截然不同的改觀。

臺灣的經濟起飛，憑靠的是濟濟人才。人才，都曾經是燈下苦讀的學子。就在那一盞昏黃的孤燈之下，孜孜矻矻的勤學而不以為苦，夙夜匪懈，勞神苦思，終於大有所成。一盞綻放光亮的燈，看盡了人才培育的種種歷程，原來，就是從「業精於勤」開始。

一如我讀過宋朝魏野的〈清明〉：

無花無酒過清明，興味蕭然似野僧。
昨日鄰翁乞新火，曉窗分與讀書燈。

沒有花也沒有酒來助興，居然就這樣淒涼的捱過了清明佳節，我私下想，我的意趣和興致蕭索竟與那鄉野小廟中的老僧近似。昨天送走了寒食，我向鄰居老翁求來了新火，今天天還沒亮，就趕快點著了窗前讀書用的油燈。

只要愛惜光陰、刻苦讀書，總能讀出美好的前程。

縱使今日不用油燈，然而電力必須持續的供應，一切才能在原有的軌道上運行。家中有電，孩子寫作業、溫習功課，父母做家事、為生計籌謀；工廠有電，機器才能如常運作，有好產品可以提供人們使用，提高了生活的品質，還能外銷，賺取外匯，讓我們的國家更為富裕。

有時候也會遭逢停電，如果只是電纜燒斷，那還算簡單，我們在黑暗裡靜靜等待臺電人員的修復，不能看書、沒有電視，連廣播也停擺，我們在焦躁裡，竟覺得度日如年。而在強颱可能登陸的夜晚、在地震搖晃的時刻，有可能大範圍的停電。這時，我們知道臺電人員正奮不顧身的冒著危險極力搶修，只是為了帶給我們一片光明……

曾經在山巔海濱、在鄉野荒漠之處，工程人員要架設電纜，讓電力的輸送無虞，哪裡需要哪裡去。

曾經在風狂雨驟，在地動天搖的時刻，維修人員要趕著搶修，讓電力能夠恢復，哪裡停電哪裡去。

在歷史上，這些人的名字不曾被登錄，也無人知曉；但是，他們都是促進臺灣建設繁榮和進步的無名英雄。

也許他們都只是平凡的小人物，卻做了大事。因為， 國父說：「一件事，只要從頭到尾徹底做成功，便是大事。」

沒有他們的敬業樂業、奮不顧身，也必然沒有臺灣今天的繁榮富庶。

當我們的心，攀向夢想的頂端，我們眺望了更好的未來，也看見了更為美麗的遠景。固然我們是努力的，今後更要加倍的認真以赴；但是在這其中，仍有眾人的提攜和成全。單打獨鬥，不過只是匹夫之勇，哪裡成就得了豐功偉業呢？

攀向夢想之巔，一覽眾山小，我們更應該懷著謙卑和感恩的心，盡一己之力，為廣大群眾謀福利。

愛迪生當年發明電燈，為整個世界帶來了劃時代的改變，我們是深受其惠的人，而無數的後代子孫也將永遠感念他所帶來的福祉。

的確，臺灣也因此被點亮了，燦燦爛爛的為世人所目睹。這六十多年來的努力，無論在衣食住行各方面都有著長足的進步，我們脫離了貧困，人人堅守崗位，各個嶄露頭角，國家社會也因此欣欣向榮。像浴火的鳳凰，翱翔在天際。

攀向夢想之巔，我們感謝所有的人無私的奉獻，在群策群力之下，讓我們都能一起邁向更為美好的明天。

【魏野】

宋·九六〇——一〇二〇

字仲先，號草堂居士。自築草堂於陝州，終生布衣務農，曾拒絕宋真宗請他出任官職的邀請。詩作師法姚合、賈島，多吟詠陝州風土人情及田園山水，風格清淡樸實，警策句多，偶有蒼涼壯闊之詞。

昨日當我年輕

昨日當我年輕，我以為：全世界都在我的腳下。

憂心忡忡的媽媽看著我，只是說：「記得，要把愛放在你的心裡！」我不置可否的笑了笑，不明白媽媽為什麼要這麼說，更不能理解她的擔心。

多少年過去了，我終究知曉：年輕，是這樣的好。可是，昨日當我年輕，我又何嘗珍惜了呢？

最近，昔日的同窗好友不約而同的相繼返臺，或探望年老的父母或處理私人事務，我們因此有機會相聚，暢談別後種種，快意平生。

只是，時間怎麼過得這麼快，彷彿就在我們不經意的當兒，它已如飛的逝去。誰又能挽住它匆忙的腳步呢？轉眼之間，我們也不由自主的被推向了哀樂中年。

這些年來，我們在事業上奮戰，在感情裡歷練，更在離合悲歡中了悟上天的教誨……經由不斷的學習、省思和領會，我們從一個少不更事的孩子逐漸變得成熟和圓融。在千錘百鍊之下，我們明曉世事的未能盡如人意，對於缺憾，更能持悲憫寬容的眼光來看待。

然而，隨著歲月的流逝，我們的生命中畢竟有了不同的改變。有的父母辭世，可以仰仗的庇護盡去；有的苦苦守著一個外人看來美滿的婚姻，實則千瘡百孔，全是傷痛；有的為疾病所苦，換過一個又一個的醫師，不知何時才能重拾健康；有的卻已早早離席，竟連一聲告別也來不及說，只留下滿臉錯愕的我們，獨自吞嚥著傷悲。人生果真是個苦海，回頭卻又見不到岸，我們唯有奮力泅泳，冀求能不遭滅頂。

經過了許多事以後，終於明白：世界之大，的確不在自己的掌握之中。想起年少時的心比天高，真要啞然失笑了。我們只有謙卑的學、努力的學，一步一腳印，也終於看到了一些成果。但，也由於當年媽媽的耳提面命，我一直把愛放在心裡，不敢忘卻。於是，我始終真誠的待人，也結交了許多的好朋友，彼此鼓勵、互相安慰，也平安涉渡了人世的風風雨雨。

然而，如今媽媽也老了、走了，她在天上俯看著紅塵中的我。

我讀杜牧的〈清明〉一詩：

清明時節雨紛紛，路上行人欲斷魂。
借問酒家何處有？牧童遙指杏花村。

清明節時，細雨紛飛，一片迷濛，前往掃墓的人，走在途中，想起了已過世的親人，那心情直如天氣一般的黯淡低沉。想要藉著酒意來沖淡心中的悲苦和思念之情，卻又不知附近哪裡在賣酒？只好探問路旁的牧童，牧童遙指著遠方的杏花村。

傷心總是清明日，惹動人間如海愁……

幸好，我有媽媽的愛。而愛，是黑暗生命中一盞光明的燈。我終於領悟了昔日媽媽的憂心和教導。而這一切，又何嘗不是源自她對我的深情與摯愛呢？

昨日當我年輕，我幸而擁有媽媽不竭的愛和指引，才不致走到人生的歧路上，才有今天比較平順的坦途。如果，我此生有絲毫的成績，能得到旁人的稱揚，全都得感謝媽媽的帶領。

我的節日心情

在我們的內心深處會有一個特別的日子，或許來自季節或許來自節日或許來自個人紀念，請把它寫出來，加上一首深情繾綣的詩詞。

這麼美麗的創作，為我們的生命鑲上了一道耀眼的金邊，迷人眼目。——琹涵

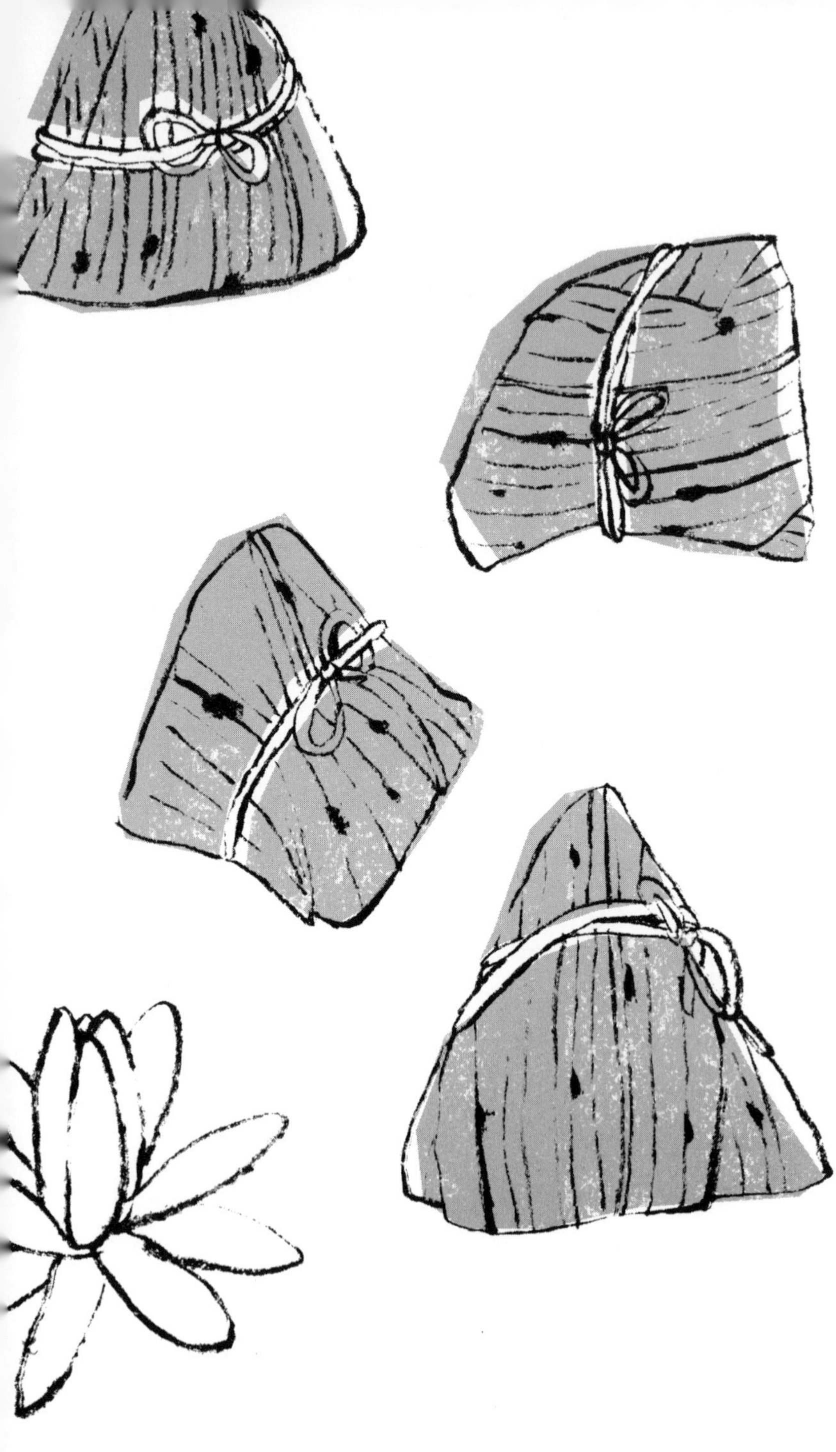

◉陽曆節氣 5月5或6日 立夏・5月21或22日 小滿・6月5或6日 芒種・6月21或22日 夏至・7月7或8日 小暑・7月23或24日 大暑

◉陰曆節日 5月5日 端午節

夏

願耕讀以遣我餘生
種桃種李種春風
也收割來日的豐美
讀雲讀山水
也讀塵世的悲歡

千葉田田

每到夏天時，常有朋友邀約著到植物園看蓮花。我有時候去，有時候不去。如果去，看的是朋友，而不是花。

也許，是因為住過白河，看盡了蓮花的各種丰姿，曾經滄海難為水，相形之下，別處的蓮花在我眼裡，也就顯得平淡了。

其實，我知道，植物園的蓮花應該也是美麗的，有專家的培育和照料，蓮花幾經改良，更宜於觀賞。只是，我心裡以為，當然還是白河的蓮花最美，最是清新自在。或許，是我的偏愛，是感情的作祟。

住在白河的那些年，我剛大學畢業，跑去教書。青春騷動的心，讓我看到什麼都覺得有趣，連學生也是可愛的。也常在課餘之暇，四處尋幽訪勝。白河雖然偏遠，風景卻十分美麗，山青如黛，有時還有薄霧輕攏，如詩似畫，迷濛得可以入我夢來。

夏天時，所有最美的焦點都在蓮花身上。那時候，商業炒作還沒有開始，蓮花一派的悠閒自得，搖曳在薰風之中，多麼的惹人疼愛啊。當然，由於她的經濟效益高，花可賞，子和藕可食，葉可作菜，據說，心和莖可入藥……全株皆有用途，教人興嘆。

田田的蓮葉常在風中，翻飛如波浪的起伏，很是壯觀。想到「千葉田田百朵開」，數大也是一種美，誰能說不是呢？

我喜歡南宋詩人楊萬里的〈曉出淨慈寺送林子方〉：

畢竟西湖六月中，風光不與四時同。
接天蓮葉無窮碧，映日荷花別樣紅。

宋・楊萬里〈曉出淨慈寺送林子方〉・七言絕句

詩裡說的是：到底在西湖的六月天裡，別有一番風景，跟其他時節並不相同。滿湖的荷花高舉著寬闊的、圓圓的葉片，與天相接，眼前是無有止盡的碧綠，映在朝陽裡的荷花，尤其豔紅得特別出色。

六月的西湖風光，極富雲霧的美，到底不是其他的季節所能比得上的。你看，蓮葉滿湖，接天之碧無窮無盡，荷花出水映日，更顯得紅妝嬌豔，別有韻味。寫西湖之美，只寫蓮葉荷花，然而，如果連荷的花葉都能顯得如此柔媚可愛，更可以想見西湖風光的殊勝了。

而詩人見到晨光中的六月蓮花，其欣喜之情也感染了我們。讀來，真覺得鮮潔可喜，不惹塵埃。

啊，鄉居的歲月果然如夢。

當媒體大幅報導白河是「蓮花的故鄉」時，我早已遠離而去，不曾見她有如庸脂俗粉，或許也是我的幸運吧。記憶裡，永遠綻放著她清新的微笑，要我不想她，也難。

在我的心湖裡，映現著她清晰美麗的容顏，從來不曾磨滅。每到夏日，蟬鳴聲聲，又彷彿為我喚回了對蓮的思念。

千葉田田，我的思念何嘗有止息的一刻呢？

【楊萬里】

宋·一一二七——一二〇六

字廷秀，號誠齋，與尤袤、范成大、陸游合稱南宋「中興四大詩人」。官至寶謨閣學士，一生正直敢言，奉行「正心誠意」，力主抗金收復失地。後因奸相專權而辭官隱居，臨終前寫下「吾頭顱如許，報國無路，惟有孤憤」的遺言。

詩作一開始模仿注重字句韻律的江西詩派，五十歲以後另創幽默詼諧、活潑自然的「誠齋體」，捕捉稍縱即逝的情趣。內容以抒發愛國情思為主，也有不少反映農民生活的作品，風格富有變化，雄健奔逸與細膩功力兼具，也常汲取民歌的口語用詞。

吟詠是生涯

今生，我愛讀的是詩。

即使是一本《唐詩三百首》或《宋詩三百首》，也讓我讀得興味盎然，真心覺得日子是如歌的行板，充滿了詩的精緻典雅和迷人的風韻。

歷代的名家何其多？好詩更是不可勝數。單憑我喜歡的李白、杜甫、王維、孟浩然、蘇東坡、黃庭堅，他們的詩作都各有佳妙，早已流傳千古。

溽暑的時候，我讀東坡詠西湖的詩，頓覺暑氣盡消。

西湖之美，世人皆知。詠西湖的好詩，更不只有宋朝蘇東坡一人的作品。可是，我獨愛東坡詩，也算是情有所鍾了。

東坡有一首〈飲湖上初晴後雨〉的詩：

水光瀲灩晴偏好，山色空濛雨亦奇。
欲把西湖比西子，淡妝濃抹總相宜。

天晴時，看見陽光在水面上跳躍閃爍，多麼迷人眼目，天雨時，迷濛的霧氣在山間徘徊，又是何等的神奇。我忍不住想把西湖和西施拿來作一個比較，竟然發現：不論是淡妝或濃抹，都一樣的佳妙。

這是一首遊西湖的小詩，少少的幾個字，寫的是晴雨的西湖景色，真是膾炙人口，傳誦不絕。無論湖光山色，全都美不勝收，連氣候的晴雨也都是加分。且把西湖比作古時的美人西施，國色天香，淡妝固然美，濃抹也相宜，真個是無處不佳妙，其神韻無法一一訴盡，更令人興起無限的嚮往之情了。

所有美好的詩，都是綻放在心田繽紛的花朵，為我們帶來的美，是無可言喻的歡喜和永恆。我願日日都得有好詩相伴，若得這般吟詠的生涯，即使世路崎嶇，走來也悠然。

宋．蘇軾〈**飲湖上初晴後雨**〉．七言絕句

【蘇軾】

宋・一〇三六——一一〇一

字子瞻，號東坡居士。是北宋的文壇領袖，也是全方位作家，為唐宋八大家之一。散文、詩、詞、書、畫等成就卓越，有詞集《東坡樂府》傳世。

蘇軾是文學革新的主將，他對詞的貢獻，超越了所有前人，不僅打破了原有的狹隘藩籬，更開闊了寬廣意境，舉凡懷古傷今、詠史詠物、說理談禪、書懷言志、農村風光、抒情敘事等等，均推翻了晚唐、五代以來詞為「豔科」的舊框架，擴大了詞的題材，也提高了詞的境界，可說是達到了「無意不可入，無事不可言」（出自劉熙載《藝概》）的境地。

蘇軾對詞的發展深具影響，清《四庫提要》中說：「詞自晚唐五代以來，以清切婉麗為宗。至柳永而一變，如詩家之有白居易；至軾而又一變，如詩家之有韓愈，遂開南宋辛棄疾一派。」

垂掛夢的音符

頭城是個寧靜的小鎮，我們曾在那兒辦過「畢業露營」。記得那青春飛揚的歲月，的確美如詩篇。如今，卻成了我們記憶裡夢的音符。

那天我們去宜蘭玩。路過礁溪，走過頭城，突然，年少時的往事上了我的心頭。明知再也無法走回從前，卻又為什麼如此魂牽夢縈？

頭城微雨，稍稍減去了盛夏的熾熱之苦。我們在頭城繞來繞去的問路，淳樸的鄉人非常熱心的指點，甚至還畫了地圖給我們，然而有些景點還是沒能找到。其實，又有什麼關係呢？這般美好的鄉間景色，就足以讓我們飽餐綠意而忘憂。

是因為下雨的關係嗎？路上幾乎不見有什麼行人。是他們都忙於工

宋．王安石〈書湖陰先生壁〉．七言絕句

作？還是居民本來就少呢？整個小鎮彷彿都沉睡了，沒有車聲，也沒有喧鬧聲，只是靜靜的睡了……

有綠樹蔭濃，有花木扶疏，有翻飛的禾浪，有草滿池塘雨如煙。記得年少時，我曾讀過宋朝王安石的〈書湖陰先生壁〉一詩：

茅檐長掃淨無苔，花木成畦手自栽。
一水護田將綠繞，兩山排闥送青來。

茅屋四周由於經常打掃，乾淨得沒有一點青苔雜草。小園裡的花草樹木整整齊齊的，都是先生自己親手栽種澆灌的。還有一彎溪水護著田地，把綠色的莊稼環繞。對面遠方的兩座山，好像把門打開，將青翠的景色送進屋裡。

這首詩是詩人題在好朋友，即湖陰先生楊德逢的牆壁上，寫的正是湖陰先生家的景色，青山綠田、碧水紅花，初夏的農村，秀麗如畫。

然而，在我們的眼前，早已不見茅屋，鄉間的寧靜清幽卻依然不減。世人都知王安石變法，縱使功敗垂成，也嘆服他對政治的抱負和理想，卻未必知曉他晚年遠離政治後，曾經寫過不少清新雅麗的小詩，極受後人所稱揚。

政治的生命只是一時，文學的精神才是永恆。

此刻，我們也在安靜裡告別了頭城，沿著濱海公路遠去。

默默的，我把夢的音符垂掛在頭城鄉間，有一天，我會回來拾取，相信依然有著美麗繽紛的音色，悄悄響自我的心弦，聲聲與之相應和。

昨夜星辰

夜空中有繁星閃爍，相信明日會是個大晴天。

成為「上班族」也已經快一年，終於慢慢的習慣了。才發現讀書時代的自由自在，然而當時的自己只一心想要快快長大，獨立自主，再不必伸手跟父親要錢，雖然那都是一些正當的用途，比如：學費或生活費。

領第一個月薪水時，到現在她還記得多麼清楚啊。那歡喜的心情簡直遮掩不了，大概只有「心花怒放」差可比擬。是的，如果心是一朵花，她都可以感覺得到花朵活活潑潑、熱熱烈烈的綻放呢！

其實，她還是比較喜歡現在的自己，雖然日子過得緊張而忙碌，但，獨立的滋味多麼好啊！再不必看人臉色，再不必仰人鼻息。

她是有些寂寞的。她從來不曾享有過做為女兒的嬌嗔和寵愛。父母在她很小的時候就離婚了，那時，她才五歲多。她歸爸爸，繼母很快的進門，她的苦日子就開始了。三天兩頭，她被繼母或擰或打，還被警告不得張揚，她怕死了繼母，總是盡可能的避著。媽媽偷偷的跑到幼稚園來看她，看著她身上的傷，抱著她哭。她知道哥哥跟媽媽一起，她真希望離開爸爸，可是她不能明白為什麼媽媽不要她？

這多麼不公平！為什麼她必須受這樣的苦？誰又能告訴她呢？

就在她讀國中時，媽媽也再婚了。一個家變成了兩個家，她不曉得應該苦笑還是歡喜？她覺得自己是孤單無依的。

她冷著一張臉檢視自己的人生。生命是這樣的無奈，從來沒有人問過她的決定，其實她也無從選擇。她，彷彿被命運的繩索牽著走。她告訴自己：只有力求上進，才可能有一個比較好的未來。在這個世界上，除了自己，還能靠誰呢？

在成長過程裡，她的笑容越來越少。有時候，她甚至懷疑自己逐漸失去了笑的能力。

媽媽有時來看她，她覺得不必了。當年，在她最需要照顧的年月，媽媽既然捨棄她，不就證明了一切嗎？何必哭哭啼啼呢？她討厭媽媽的眼淚，太假了！

世上悲苦多，她還不算是悲慘的，至少她受了還不錯的教育。只是，她越來越笑不出來。她也曉得背後有多少人對她感到好奇，為什麼高雅美麗的她總是獨來獨往，身邊沒有「護花」的人？

她不想要婚姻，又覺得談感情太費事，何況，人都是會變的，世間哪有永恆的愛情呢？

她要靠自己。在經濟上獨立，也希望在感情上獨立。她但願能證明，即使是一個人，也可以在天地之間，活得安恬自適，活得理直氣壯，活得讓人羨慕。

對媽媽，她仍然是冷淡的。她不能忘記，當她被打得渾身是傷時，媽媽為什麼不肯救她？為什麼不盡力爭取她的監護權？當她獨自蒙在被子裡，撫著傷口流淚時，媽媽，你又在哪裡呢？

會不會在最後決定的一刻，媽媽愛的，其實是她自己，而不是可憐的女兒？

但，為什麼小小年紀的她，就得承擔父母不幸婚姻的苦果呢？她無語問天，上天又何嘗還給她一個公道？

小時候，她每一次受到了委屈，就跟星星去訴說自己的心事。她相信所有的星星都懂得她的苦楚，雖然不說話，但，每個星星都像一顆淚，垂掛在夜空中。

星星一直都是她的好朋友，知曉她一切成長的秘密。

哥哥大她六歲，她上大學時，哥哥常跑來和她會面。她多麼羨慕哥哥的幸運，一直都在媽媽的身邊。不像她，不只欠缺母愛，當爸爸有了繼母和新的兒女，對她，更是疏遠了。

她很少說話，只是在哥哥來看她時，順從的跟哥哥一起吃個飯，聽哥哥說起他的工作和感情生活。哥哥的出現，還曾被誤以為是她的男朋友呢！她實在有點啼笑皆非，但也懶得去解釋。

媽媽每次到臺北來，就一定來看她，她仍是冷淡的。媽媽彷彿不在意，只要能看到她，便已滿足。多年來，還不斷的給她寫信，信，她倒是看了，然而從來也不曾回過。

最近的一次，哥哥來看她，不知怎麼的，提到了媽媽，哥哥說：「其實媽很愛你！」

「很愛我？騙誰啊！很愛我？為什麼，當年她要了你，不要我？」她大哭起來。心裡的悲淒全都潰了堤，一哭不能止，哥哥也慌了手腳。

好不容易她稍稍止了淚水。

「爸媽分手時，我已經讀小五了。我死命賴在媽那兒，不肯跟爸爸走，結果媽只好養我，後來我才知道，爸根本沒給媽錢哪！媽也很想你，你被新媽媽打時，她本來想把你要回來，可是經濟上有困難，她養不起兩個孩子。媽媽哭了好久好久……」她剛止住的淚水又氾濫開來。

原來是這樣，原來媽媽並沒有意思要遺棄她！可是，自己多年來的敵意，是怎樣傷了媽媽的心啊。

往日，她愛讀唐朝溫庭筠的〈瑤瑟怨〉：

冰簟銀床夢不成，碧天如水夜雲輕。

雁聲遠過瀟湘去，十二樓中月自明。

躺在鋪著涼席的銀床上，輾轉反側，難以成眠，想天空澄碧，夜涼如水，雲朵就像紗一般的輕盈。大雁的鳴聲聽來遙遠，應該是過了湘瀟吧，這時只見一輪明月孤單的照在華美的高樓。

或許是那種孤寂淒涼的背景相似，獨自彈瑟的幽怨心情相近，唉，她沒有別離的惆悵，卻有人生的苦恨……

然而，那天夜晚，她站在窗前仰望滿天的星光，只覺得星星好溫暖、好美麗。

她明白：屬於自己生命中的傷痛，總有一天會逐漸的遠去，就像昨夜的星辰閃爍，而今，點點星光都是微笑。

當繁星布滿了夜空，不正預告了明日的晴朗嗎？

【溫庭筠】

唐・八一二——八七〇

又名歧，字飛卿，為晚唐著名詩人、花間派詞人，上承唐詩傳統，下啟五代填詞風氣。因形貌奇醜而號「溫鍾馗」。傳說他赴試時押官韻作賦，雙手一叉便吟成一韻，八叉即完成八韻，又被稱為「溫八叉」。與李商隱、段成式文筆齊名，號稱「三十六體」。詩與李商隱齊名，並稱「溫李」；詞與韋莊齊名，並稱「溫韋」。

早年即以詞賦聞名，但在政治上屢受排擠不得志，進士屢試不第，官僅至國子監助教。性喜譏刺權貴，縱酒放浪，常進出歌樓。詩作清婉精麗，多寫個人際遇；詞風華麗濃豔，多描寫女子閨情，是第一個致力於「倚聲填詞」的詞人。

詩詞的魅力

她一直很喜歡詩詞，對她而言，詩詞所散發出來的魅力，無遠而弗屆。

那年，她才十四歲，讀初二。

學期末段時，班上的國文老師請了假，來代課的是一個穿著長袍的男老師。她從來不曾在校園裡見過這個人，或許只是純粹來代課的吧。

當他一開口時，大家就察覺到老師學問的豐厚了。有學問的人，旁徵博引，舉座皆歡，那種濃郁的人文氣息，也是一種魅力。

老師的課教得很快，恐怕也是課本簡單的關係吧。其餘的時間做什麼呢？老師可從不曾叫學生們自修或寫作業。他總是跟大家說：「還有更好的。」然後，他開始介紹詩詞，那都是課本不曾選錄的，講述作者跌宕起伏的一生，多少離合悲歡，感人淚下。之後，就講解內文，不論明喻暗喻隱喻，全都一一指陳，還有那微言大意呢。有時候，在課堂上，教小女生們作詩填詞，學期快結束時，還出了二十個上聯，給學生對下聯。對得好的，老師會寫在黑板上，有一則兩則，也有三則的，都沒有寫出名字，但被錄用的則心花怒放。

她有十八則。她數了又數，十八則耶，簡直要飄飄然了。

很快的，學期到尾聲了，寒假作業是熟讀李後主和李清照的詞，那是詞壇上最為顯赫的兩大家。

下學期開學時，代課老師再也不曾出現，他代了將近一個月的國文課。

時間不算長，可是這樣的帶領，卻讓她終生喜歡文學。空閒時，她常讀詩詞或閱讀其他的文學作品，大學時，她還差一點進了中文系。

即使後來她進入職場工作，許多第一次跟她見面的人常會問她：「是中文系畢業的嗎？」

她笑了笑，搖搖頭。想起自己初二時曾經遇到的那位代課老師，她幾乎不記得老師的容貌和名字了，然而永遠感激他的用心啟發和鼓勵，經典文學作品的魅力從來不曾消失，即使今天，依然讓她深深感動，進入她的內心，也煥發出溫柔敦厚的氣質。

如今，她定居臺北多年，距離那個溫暖的南方城市遙遠，往昔的青春年月更是恍然如夢，老師還好嗎？她想起唐朝詩人賈島的〈尋隱者不遇〉：

松下問童子，言師採藥去。
只在此山中，雲深不知處。

我到山裡去拜訪那隱居的朋友，走到松樹下，詢問一個小孩童，他說，他的老師外出採藥去了。又說，就只在這座山裡，可是我眼前一片雲深霧濃，哪裡知道，他究竟是在什麼地方呢。

雖然明寫尋訪友人不遇，文字卻在尋著與尋不著之間顯得撲朔迷離，這般的樸素清淡，竟有著幾分耐人尋味了……

她也喜歡這首詩，然而，如果她尋訪當年的老師，會不會也同樣的「不遇」呢？還有那青春年少的自己，怕也在「雲深不知處」了！

她莞爾一笑，或許活在當下，珍惜人間的每一份好緣，也才是更有智慧的作法吧。

【賈島】

唐・七七九——八四三

字浪先（亦作閬先）。曾經做過和尚，法號「無本」。

賈島是著名的苦吟派詩人，著名的典故「推敲」即來自於他。傳說他在驢背上苦思「鳥宿池邊樹，僧推月下門」兩句，反覆斟酌用「推」還是用「敲」字，以至錯入了韓愈的儀仗。自己也說他寫詩是「二句三年得，一吟雙淚流」，後來人們將斟酌鍊字稱作「推敲」。

他擅長五言律詩，意境多孤苦荒涼。蘇軾曾說：「郊寒島瘦」，以評價他和孟郊，遂成千古定評。

那白衣黑裙的時光

中學六年，她都住在外頭，倒沒有租屋居住。在那個熱鬧的城市裡，爸爸買了一間屋宇，讓子侄輩可以在考取明星中學時就搬到那兒住讀，也少了通勤之苦；更不必因為住處的不合於理想，而三遷四徙。

有人照應，包括三餐飲食和打掃、洗衣。

老家還是在鄉下，淳樸而安靜，只是交通太不方便了。通勤單程就得花兩個多小時，還不包括偶而出現的延誤，車子誤點或脫班，還有自己爬不起來，趕不上車等等。從鄉下到都市，她簡直像被放出籠子的鳥，可以海闊天空自由的翱翔。那時候的她，或許還太小，對男女的感情懵懂，她有興趣的是逛書店，買閒書。夕陽時吃過飯以後，她就跑到學校教職員宿舍前的庭院，找老師們聊天或借書，直聊到很晚才離開。

唐．孟浩然〈宿建德江〉．五言絕句

那樣的年代，老師和學生都謹守著分際，沒有任何的逾越。單純只是一個喜歡看閒書的好奇小女生，頂著一頭蓬鬆的頭髮，進出老師的宿舍，談天說地；而那些飄洋過海來教書的老師們也的確學富五車，給了她課堂以外的教導，也給了她另一個更寬闊而又美麗的文學世界。

當她長大，再去回顧時，她懷著深深的感激之情。當年意興風發的老師們，如今恐怕都已垂垂老去了，甚至或許已經隨風遠逝了。她真心覺得，自己欠他們一句誠摯的「謝謝」。或許在他們的眼裡，當年小小的她，閃著晶亮的眸子，老是大驚小怪的，也的確是十分有趣的吧。

年少的歲月早已遠去，此刻，連她都走到了哀樂中年，傍晚的夕陽依然美麗，有月光的夜晚，更易撩人思緒。她想起了唐朝孟浩然的〈宿建德江〉：

移舟泊煙渚，日暮客愁新。
野曠天低樹，江清月近人。

船停泊在建德江裡一個煙霧繚繞的小洲旁，暮色逐漸深了，更為遠在外地的遊子增添了新愁。眼前一片空曠的田野，黯淡的天空，彷彿比遠方的樹木還顯得低一些，江水清澈，月光映照在江面，水上的月影，跟人似乎更加親近了起來。

寫的是客旅夜泊的心境，有幾分淒涼與哀傷的況味。人生原本如寄，最是懷念的，也唯有年少時的清純……

那白衣黑裙的時光，在記憶裡，竟從來不曾褪色。

【孟浩然】

唐・六八九——七四〇

字浩然，本名浩，世稱「孟襄陽」。孟浩然是唐代田園詩派的代表人物。他的詩，大多寫田園生活和隱逸、旅遊。繼陶淵明、謝靈運、謝朓之後，開啟盛唐田園山水詩派的先聲。清淡、自然的詩風在唐詩中獨樹一幟，格調甚高，頗受後人推崇；甚至被認為，其高妙之處來自內心的修為，與文字筆墨的巧拙無關。知名詩作有〈秋登萬山寄張五〉、〈過故人莊〉、〈春曉〉等篇。

與王維齊名，並稱「王孟」。

母親的憂心

有一天，我突然想起一個久沒聯絡的朋友，打電話給她，卻發現她很沮喪。

她憂心忡忡的跟我談起她的女兒。唉，女兒都上大學了，為什麼還這麼不放心呢？

「女兒交了一個男朋友，我怎麼看，怎麼不順眼。」

我差一點失笑。別人是丈母娘看女婿，越看越歡喜，卻只有她相反。也或許是她對女兒有更高的期待，總覺得自家的嬌嬌女，當然得匹配條件更好的乘龍快婿才是。然而，婚姻到底不是菜市場的買賣，秤斤論兩，錙銖必較。縱使雙方的條件再相當，如果不能迸出感情的火花，也是枉然。

她說這個男孩這樣不好、那樣不好……總之，缺點多多，難以細數。

我卻覺得：他考得上國立大學，資質應該不差；喜歡打球，體能狀況不錯；父親是醫師，家境不用擔心……情形並不如朋友所想的那麼不堪。倘若年輕人你情我願，為自己的決定負責，做父母的只要尊重和祝福就可以了。

我的朋友大概忘了，當年，她的母親對她所交往的男友也曾一樣的不滿意。即使後來結婚了，幾年後我的朋友車禍，摔斷了肩胛骨，丈母娘仍然對女婿的處理嗤之以鼻，認為太不上道了。其實，朋友的婚姻美滿，只是她的母親期待更多吧！

也許，母親的心因為太愛，難免憂慮過甚，處處不放心，時時想要插手，反而讓對方感到束縛，想要自在的呼吸，想要掙脫獨立，更想要自己當家做主。雙方免不了有所爭執，竟壞了原本融洽的親子關係。

如今，我的朋友必須學會放手，也讓自己得到真正的自由，從而領會天寬地闊的大美。只是身為母親，一顆心總是牽掛懸念著兒女，說放下容易，做到就需要智慧了。

我記得，唐朝孟郊有一首著名的詩〈遊子吟〉：

慈母手中線，遊子身上衣；
臨行密密縫，意恐遲遲歸。
誰言寸草心，報得三春暉？

慈母拿著針線，縫出了遊子身上所穿的衣裳。當兒子就要出門遠行前，母親更是一針一線細細密密的縫著，心裡老記掛著他能不能早早回來。唉，相形之下，有誰敢說兒子那微小的像寸草一般的心，將能報答得了慈母如同春陽的一片寬廣深厚的恩澤呢？

母親對兒女的照顧無微不至，哪裡只是裾抱提攜、衣食上的照料？還有那綿長恆久的牽掛繫念，只怕是要至死方休了；然而，也彰顯了母愛的偉大，是何等的讓人感動。難怪俗語說：「養兒方知父母恩。」父母的恩情，果真浩瀚無邊。

天下慈母心，無怨無悔的為兒女付出，辛勞一生，也甘之如飴，卻從不記得要替自己打算，可佩也可憐。

【孟郊】

唐・七五一——八一四

字東野，為孟浩然的孫子。與賈島齊名，蘇軾稱之「郊寒島瘦」，為苦吟詩人代表。任溧陽尉時，因作不出詩則不出門，而有「詩囚」之稱，也常因此被罰半俸。

詩作以短篇五言古詩居多，主題內容為揭露藩鎮罪惡、憤慨貧富不均、描寫仕途失意、抨擊澆薄世風、表現骨肉深情、刻畫山水風景等等。有長於白描卻不平庸淺易之作，也有精思苦煉、雕刻奇險之詩。

粽子

傳說，端午節包粽子和屈原的「忠而被謗」，因滿腔愛國憂思憤而投江，密不可分。

屈原自沉汨羅江而死，後人唯恐江中的魚蝦吃掉了屈原的身體，於是紛紛以竹葉包裹糯米飯擲入河中，以冀望屈原的身軀得以保持完整，演變到今天，就成為包粽子的由來了。

由於屈原是詩人，所以，端午節也是詩人節。

我讀唐朝杜甫的〈天末懷李白〉：

涼風起天末，君子意如何？
鴻雁幾時到，江湖秋水多。

文章憎命達，魑魅喜人過。
應共冤魂語，投詩贈汨羅。

蕭瑟的西風從遙遠的邊地吹來，不知道你的心情如何？遠地的鴻雁什麼時候可以飛回，江湖的秋水，風波想必更加險惡了。你的文才卓絕，卻常時運不濟，要擔心那些鬼怪，他們老喜歡吃過路的行人。或許你應把心中的苦悶向屈原的冤魂訴說，且作一首詩投向汨羅，訴說你們相似的困頓吧。

多麼情深意切的詩，讀來只覺得兩大詩人惺惺相惜的情誼，讓人為之動容。

而我，一直是很不愛吃粽子的，其實，只要是和糯米相關的食品，我都沒有興趣。

為什麼呢？

不知道。或許，是因為糯米的黏性大，讓我誤以為，如果吃多了，連腸胃都會黏起來？

我尤其不愛甜食。這幾年稍好，偶而喝點咖啡、吃塊甜點，也盡可能選那比較不甜的。最怕美國的蛋糕和冰淇淋，甜得膩人，一想起來，就會發抖。

今年，臨近端午節時，收到許多粽子，各式各樣的。有些事先被我快速擋下，才沒有氾濫成災；有些是突然用宅急便送來，婉拒不及，只好收下。有個朋友更厲害，冷凍包裹才一寄出，人就即刻飛往國外，縱使我呼天搶地，也無法可想。也許他們都沒想到，居然有人不愛應節的粽子。

我一律說謝謝，至少，對方的心意可感。

幸好，粽子可以放進冰箱的冷凍層，那麼就慢慢吃吧。

今年端午，倒是吃了鹼粽，睽違多時了。

我的鄰居在閒談裡知道我不愛吃甜食，然而，鹼粽必須沾著糖粉來吃，送與不送之間，很是躊躇。結果，她打電話來探問，我欣然接受了。

吃鹼粽的記憶，還是我讀大學住校時，第一年的端午節，班上有個家住臺北的女生，特別銜母命送了許多粽子到女生宿舍來，有肉粽也有鹼粽，好吃極了。我對那鹼粽，尤其印象深刻，宛如水晶，芬芳別致，口感難忘。

當年送粽子的女生早已定居美國，相見不易。而那粽子的好滋味，伴隨著華岡的晨昏，卻永遠存留在青春的心底，不曾忘卻。

每吃一口鹼粽，我就忍不住的想，曾經同窗共硯的好朋友們都哪裡去了？我能不能依循著粽子的氣息，再重溫一次那年輕的情懷？

【杜甫】

唐・七一二——七七〇

字子美，號少陵野老，又號杜陵野老、杜陵布衣。因曾任左拾遺、檢校工部員外郎，後世稱其「杜拾遺」、「杜工部」；又因他曾搭草堂居住在長安城外的少陵，也稱他「杜少陵」、「杜草堂」。被尊為「詩聖」，與李白合稱「李杜」，其詩被稱為「詩史」。

杜甫生在唐朝由盛而衰的年代，一生都不得志；然而，他並沒有憤世嫉俗，胸懷寬厚慈憫，多有包容。詩中，處處流露著廣博的同情。杜甫一生寫了三千多首詩，現存有一千四百多首。質精量多，每一首都帶著自己的人生以及時代的影子，並閃耀著人格的光輝。一部杜詩，就是一部用詩歌寫成的歷史。

他的詩講究章法，用字精鍊，銳意創新。任何題材，經他點化就成不朽之作。杜甫的好詩太多，信手拈來，皆屬名作。其言語的精粹，情感的深摯，意境的寬闊豪邁，在在讓人驚嘆。

傷心端午節

你喜歡端午節嗎？
有人吃粽子、划龍舟，有人為白娘娘的故事而動容。
我讀宋朝張耒的〈和端午〉一詩：

競渡深悲千載冤，忠魂一去詎能還。
國亡身殞今何有，只留離騷在世間。

每年的龍舟競渡不但見證了深深的悲情，還有著幾千年以來的冤屈。屈原忠心耿耿的魂魄一旦別去，又怎能回得來呢？國家早已滅亡，人也死去，到如今一切化成了烏有，只有他的著作《離騷》，還長存在世間。

信而見疑，忠而被謗，歷史的悲劇從來不曾稍減，也留給了世人無限的低迴和喟嘆……

年年都有端午節，然而，今年的佳節，最是讓她感到傷心。因為，好朋友絹已遠逝，再也不能一起過節，再也吃不到她包的粽子了。從來擅長廚藝的絹，還說：「改天，我要做一桌『星座大餐』，專程請你來吃……」一切終成夢幻泡影，怎麼會這樣呢？

也許，事出突然，教人如何肯信？

絹死於心臟衰竭，在睡夢中遠去，不過四十來歲。

很多人都說：「絹能這麼輕鬆的走掉，不受病苦的折磨，該是多大的福報啊……」只是她怎麼都聽不進去，沒有遺言，沒有告別，彷彿是一場惡夢。唉，她多麼希望，不過是場惡夢，醒來，依然陽光美麗花常好，然而，已經不可能了。

認識，是因為她們都加入了藝文協會。絹是作家，她畫畫。

絹本來在教書，既是鐵飯碗，又有寒暑假，還有優厚的福利和退休制度，讓多少人欣羨不已。她教了五年，決定離職，青少年實在太難教了。她浸淫在自己的興趣之中，翻譯兒童美語的書，也在一些社教單位教學，平日精研星座，還曾被邀開有關星座的課……其實是一個多才多藝的人。

絹沒有結婚，然而父母傷女之痛，恐怕也非言語所能形容了。

本來說好，今年端午節之前，絹要教她包粽子的。絹說：「你只要人來就好，所有的材料，我都會備妥齊全。」然而，這是一個永遠也無法履行的約會了，她每一思及，就黯然神傷。

對她來說，這是一個傷心端午節，大詩人屈原的身影已遠，千古一嘆；而好朋友絹竟然也芳蹤飄邈，真教人如何肯信？

【張耒】

宋・一〇五四——一一一四

字文潛，號柯山，人稱「宛丘先生」、「張右史」。以聞道蘇軾自負，為蘇門四學士（秦觀、黃庭堅、張耒、晁補之）中最晚辭世者。仕途坎坷，屢遭貶謫，長期任地方卑官。

提倡文理並重，文風注重平易通達、直抒胸臆，反對雕琢文辭。蘇軾對他有「汪洋沖澹，有一倡三嘆之聲」的稱譽。詩歌取材廣泛，多反映當時下層百姓的生活。詩風學白居易和張籍，流麗明快，但有時失之粗疏草率。詞作不多，風格柔情深婉。擅長辭賦，在立意遣辭上超越唐人；議論文立意警辟，文筆也相當高奇。

鄉間之美

很多年以前，我第一次到日本旅遊時，搭的是華航，卻碰到他們的福岡首航。

參與首航，也算是帶有幾分幸運的歡喜。我們還天真的以為，那屬於航空公司，不關我們的事，卻忘了我們身在華航的飛機上。終於，順利的降落機場，可是我們被擋著不能進關。因為有歡迎的儀式，電視臺還派記者來攝影報導。

還記得那是一個暑假，日本也一樣的熱，等啊等，有日本官員嘰嘰咕咕的說了、雙方代表簽字、鞠躬、握手……將近一個小時以後，我們才順利的踏上了日本領土。

福岡在九州的北邊，算是一個繁榮的城市，卻沒有東京、大阪那種大都會的緊張急促，市區裡也有高樓林立，慶幸的是它還保有相當程度的悠閒，其實也很適合自助旅行。

平心而論，我反而比較喜歡他們的郊區或鄉野，一樣的潔淨，但是人和車都不多，可以看到田裡的稻禾，可以看到屋邊的花木，那掩閉的門扉，主人外出了嗎？是前往購物，還是訪友呢？

讓人想起曾經讀過宋朝范成大的〈村莊即事〉一詩：

綠遍山原白滿川，子規聲裡雨如煙。
鄉村四月閒人少，纔了蠶桑又插田。

說的是鄉村四月裡的情景：一片綿延的碧綠，伸展也鋪滿了整個山陵和原野，銀白的水光在河川上閃爍。你聽，在杜鵑的鳴叫聲中，飄著迷濛的細雨，宛如煙霧一般。鄉村在四月間，閒人很少，因為才剛忙完了採桑養蠶，又得要下田去插秧了。

宋．范成大〈**村莊即事**〉．七言絕句田家的生活勤儉，無論男女，各有各的忙碌。平日鄉間，哪裡見得到清閒的人？大家都在工作，一刻也不得閒，原來，迷人的，不只是鄉野風光，還有純樸的民情之美。

或許，悠閒的，竟是我們這一群外來的遊客吧。

我喜歡鄉間的寧靜，在陽光的照耀之下，另有一種讓人著迷的氛圍，也像詩一樣的美。

【范成大】

宋．一一二六——一一九三

字致能，號石湖居士。與楊萬里、陸游、尤袤合稱南宋「中興四大詩人」。

范成大的作品在當時即有顯著影響，到清初則影響尤大，其詩風格輕巧，但好用僻典、佛典。晚年的《四時田園雜興》由六十首詩組成，是其代表作。

藝術家的家

這裡是藝術家的家。

主人是學美術的，她叫玫芳。有一年，當我南下小遊時，由於她在外地有畫展，正好不在家，我還因此借住了一宿。

玫芳的房子是透天厝，有三層樓。她畫畫、捏陶，還縫製各式的布娃娃。果真是琳瑯滿目，美不勝收。我打從一進門，就被深深吸引了。

所有的牆上都有她的畫作。或風景或人物，基本上畫風甜美，相當討喜。聽她的家人說，她每次出國旅遊時，團員裡常有人央她就某個景點作畫，「賣個幾幅畫，旅費全都賺回來了。」

她的家，連洗手間都很美。門上有圖，架子上有小件的陶藝品，感覺清新，可以想見主人的可愛。

我和朋友一起喝茶，杯盤壺成套的花色，讓人愛不忍釋，當然也來自玫芳的巧手燒製。朋友們常起鬨，要玫芳也來開一家咖啡小店，賣畫賣咖啡賣陶藝品，還有那許多的布娃娃。

玫芳做布娃娃，據說背後有一個故事。

有一天，她和媽媽去喝咖啡，那家店裡有兩尊布偶。玫芳看了很心動，想買回其中的一尊，店主索價五千元。玫芳覺得太貴了，事不成。有一天，玫芳經過一家教拼布的店，一時興起，走了進去，問拼布老師：「是不是也教人做布娃娃呢？」

老師說：「也可以。」

學費五百元，不貴。昂貴的是布，全由日本進口。那尊娃娃固然美麗，卻一共花了四千多元。

想起原先咖啡店裡的布偶，相形之下，反而便宜極了。再回過頭去買，早已被買走了，想必也是一個識貨的人。

材料費太貴了，做布娃娃的事，原本打算暫時擱下，有人提議：「何不用臺灣的布呢？便宜、美麗，還可以買零碼的……」由於需要各種花色，「那時候家裡有整匹整匹的布，不明就裡的人，還以為是到了布莊呢！」真有趣，讓人不免莞爾。

布娃娃做了八、九十尊，也算驚人呢。只是費工費時，每尊不同，連服裝搭配都得各自設計。玫芳還興致勃勃的說：「如果做滿一百尊，就開個展覽吧！」看來美夢快要成真了。

所有對藝術的追求，都是遙遠的、寂寞的路。

我想起了唐朝李白的〈贈孟浩然〉：

吾愛孟夫子，風流天下聞。
紅顏棄軒冕，白首臥松雲。
醉月頻中聖，迷花不事君。
高山安可仰？徒此挹清芬。

我很敬愛孟夫子，只因他超凡的品格天下聞名。他在少年時，就拋棄了高車和朝冠，鄙視富貴虛榮，老來就高臥林泉，獨自過著隱居的生活。他經常在皓月當空時，沉醉酣飲，不願意做官，只迷戀著繁花似錦的山林。他那清高的品格，有如巍峨的高山，別人如何仰攀得到呢？此刻，對他芬芳的人品，我也只能深深敬服了。

字裡行間，有詩人們彼此的相知相惜，也是一樁佳話。文學、藝術的路，都何其的孤單，多麼需要有堅持的勇氣啊！……住在玫芳的家，濃濃的藝術氣息和人文素養，果然讓我有個美麗的夢。

【李白】

唐・七〇一——七六二

字太白，號青蓮居士。其詩浪漫奔放，才華橫溢，行雲流水，宛若天成，傳誦千年而不絕。被尊稱為「詩仙」、「詩俠」。

他的作品內涵豐富，明朗自然，融合百家之說，兼具儒家的仁民愛物，一掃六朝以來的浮靡詩風。他常將想像、誇張、比喻、擬人等手法綜合靈活運用，造成神奇瑰麗的動人意境，給人豪邁奔放、飄逸若仙的韻致。文字明朗、活潑、雋永，詩作對後代產生的影響深遠，無可估量。

他有撲朔迷離的身世，浪漫神奇的傳說，還有那千餘首驚天動地的詩篇。杜甫形容他：「筆落驚風雨，詩成泣鬼神。」真是千古知己。

我的節日心情

在我們的內心深處會有一個特別的日子，或許來自季節或許來自節日或許來自個人紀念，請把它寫出來，加上一首深情繾綣的詩詞。

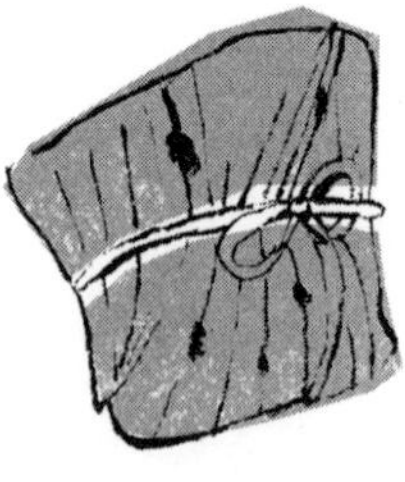

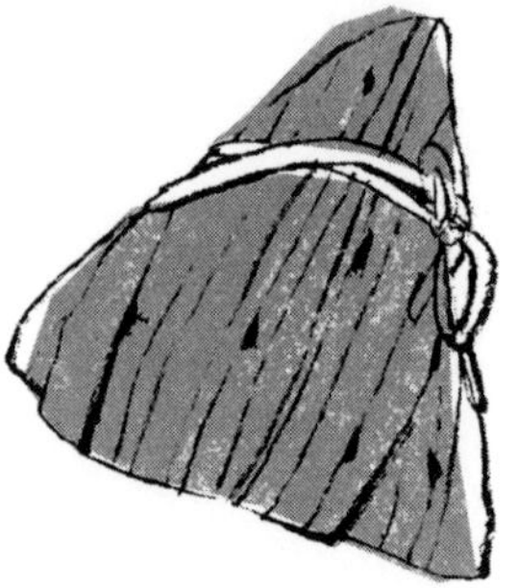

這麼美麗的創作，為我們的生命鑲上了一道耀眼的金邊，迷人眼目。——琹涵

◉陽曆節氣 8月7或8日 立秋・8月23或24日 處暑・9月7或8日 白露・9月23或24日 秋分・10月8或9日 寒露・10月23或24日 霜降

◉陰曆節日 7月7日 七夕・7月15日 中元節・8月15日 中秋節・9月9日 重陽節

秋

分明是
昨夜夢裡相見
今朝又到眼前來
疏林含煙
盡付思念裡

絕美風景

晨起，我在陽臺前，讀我喜歡的詩詞。陽光正柔和，眼前一片青翠，詩詞又是這樣的精緻動人，我因日子如此美麗的開始，真心感謝上天的恩寵。

沒想到會有人打電話來，原來是我的大學同學，她想探詢某一句詩的作者和出處，也正是我非常喜歡的一首詩。

那是宋朝蘇軾的〈贈劉景文〉：

荷盡已無擎雨蓋，菊殘猶有傲霜枝。
一年好景君須記，最是橙黃橘綠時。

荷花凋零，荷葉也不見蹤影，再不能拿來充傘擋雨了，菊花雖已殘敗，卻仍有在霜中傲立不屈的枝枒。一年中美好的風景你可要記住，最為美麗可愛的，正是這橙子黃熟、橘子青綠的時候。

每到秋天，我最常想起，也最愛讀這首詩。當大地一片蕭索，紅銷翠減時，讀這樣的一首詩，特別讓我覺得秋光的繽紛迷人，比起春夏兩季，它另有一種沉思、寧靜的美。何況，詩中還有對友人的殷殷囑咐，莫忘秋光美好，流溢著溫潤的情誼，尤其讓我為之動容，更要思念起遠方的友人和逝去的年少歲月了。

其實，仔細想起來，又有哪一個季節不是美好的呢？只要我們心存珍惜的心，我們必能看出每個季節的特殊的美，那正是上天的賜予，歲月的祝福。

你的眼，看到了每棵樹、每朵花獨特的美嗎？

你的心，體會到每個日子的特別珍貴之處嗎？

盲目的心，敷衍的眼，即使走在花團錦簇裡，也茫然無所見，也絲毫無所感啊！

人生的風景又何嘗不是如此呢？每一個階段都有它的可愛之處，童稚的天真、青春的絢麗、盛年的沉穩、老年的智慧……

我從來都相信：人生的絕美風景，一向是呈現給那心思細膩、懂得珍惜和欣賞的人。

菱角飄香

你喜歡吃菱角嗎？

我是喜歡的。菱角有著獨特的形狀，它可以是零嘴，也可以入菜。或許，我比較喜愛那些不只有一種用途的東西。例如：番茄，可以是水果，也可以做成佳餚。栗子，可以當零食吃，也可以做成八寶飯、栗子雞、佛跳牆……會不會我對人也有這樣的期待？希望他是多才多藝的，希望他扮演不同的角色都是成功的；甚至，我也是如此的要求自己呢？

去年九月初，我南下，好朋友開車，帶著我四處去玩。九月的臺南，依然熱得讓人受不了。秋老虎發威，可有得瞧的。臺南曾是我成長的地方，感情自然不同，尤其是嘉南平原，寬闊的田野，綿延的稻作，有著特殊的田園風光。我只是舊地重遊，喚醒已經遠逝的昨日，而昨日，我正青春年少。

在柳營到六甲的途中，路旁常有人賣煮熟的菱角，忍不住買了一包，果然餘溫猶在，吃來齒頰留香。是因為我們在產地親嘗，滋味更是鮮美了。

菱，古作「芰」，是一種水生作物。元朝張養浩的名曲中就有「芰荷叢一段秋光淡」的佳句，顯然菱和荷成長和收穫的季節相近。清朝查慎行的〈舟夜書所見〉裡有「深處種菱淺種稻，不深不淺種荷花」的詩句，我讀來卻總是不忍。農人終歲勞苦，種菱種稻種荷花，哪一樣不是著眼於經濟效益呢？為的也只是衣食溫飽，浪漫的只有文人啊。清朝的沈謹學有〈採菱詩〉：「菱兒個個相依生，秋水有情終覺冷」，我卻覺得真正深情的，其實是詩人。

唐朝的大詩人李白曾經寫下懷古詩〈蘇臺覽古〉：

舊苑荒臺楊柳新，菱歌清唱不勝春。

只今唯有西江月，曾照吳王宮裡人。

春秋時代吳王夫差遊樂的姑蘇臺，如今已是一片殘破荒涼，然而春天的時候，楊柳依舊萌發新芽。唱著菱歌的女子，依然為這舊苑荒臺帶來了春色。如今只有西江明月，曾經照過當年吳王華麗的宮殿裡的美女。

唯有明月，才是歷史的見證，其餘都是虛無。縱有菱歌輕唱，怕也是撩人感傷的吧？

菱角飄香，也輕輕拂過我的記憶。

唐．李白〈**蘇臺覽古**〉．七言絕句

仍然有夢

人到中年，仍然有夢，這真值得慶幸；然而，我也深知：追求夢想，要以健康作為後盾。

那天，我一上公車，司機先生便揚起了聲音問我：「你有沒有弄錯，在這麼冷的天氣，還要去游泳嗎？」我從他的眼裡看到了驚奇。

是的，在寒流過境的冬日，外頭刮風又下雨，氣溫極低，只有八度。我向他點了點頭說：「對，我要去游泳。」

如果健康不可一日或缺，那麼運動便應該持續下去。我心想，小時候的納爾遜，還曾冒著大風雪去上學呢！我是個大人，這一點兒風寒，又算得了什麼？

畢竟是壞天氣，來游泳的人更少了，我正可以好好的游、慢慢的游，盡力把每一個姿勢都修正到完美的地步。打水、伸手、換氣……再三演練，如此，全身的每一個環節都得到了舒展，直游到盡興而罷。

我進入蒸氣室。在霧氣瀰漫中，輕輕拍打著肢體，由於溫度很高，不一會兒，水珠沿著面頰滑落，我順便把臉也拍一拍。此時，放鬆的身軀早已趕走了所有的疲累，我覺得十分的輕鬆自在。

蒸氣室裡，還有其他三兩個泳友。有一個說：「怎麼辦？我怎麼都瘦不下來！」另一個說：「我太愛吃甜點了。蛋糕啦、夾心餅乾啦……哎呀，枉費我那麼認真游，都不可能瘦的啦。」我聽了，忍不住接著說：「沒關係，只要健康就好了。」這話一出，全體附和贊成。的確，當我們已行到中年，健康最為要緊。

窈窕的，是青春年華時的自己。如今，豐腴的體態早已定型，加以新陳代謝的改變，是很難再回到從前的苗條了。但是，只要我們仍保有健康的身體，能快樂充實地過每一天，就值得感恩了。

有一些人是由於膝關節不好，不宜再繼續爬山、跳舞，只得遵從醫師的建議，來到游泳池畔學游泳。也有一些人是因為坐骨神經痛，拿游泳當復健。另有一些人，是為了增強體力，鍛鍊體魄的……事實證明都有很好的成效。

至於我，我曾不只一次在過馬路時摔倒，檢查結果屬於不明原因。有一天我突然意識到，如果這樣的情形不能改善，我有可能因車禍意外而魂歸離恨天。這，令我心驚。於是，將學游泳列為第一優先。自從天天游泳以後，身體好了，再也不曾無故摔倒，我心中的憂慮才得以卸下。事後，我多有反省，想必是那些年我工作過勞、壓力太大，以致身體出現了警訊。幸好，我注意到這個危險的訊息，極力謀求改善，才沒有釀成更大的不幸。

行至中年，我讀唐朝許渾的〈早秋〉，心中更是別有情懷。詩是這麼寫的：

遙夜泛清瑟，西風生翠蘿。

殘螢棲玉露，早雁拂金河。
高樹曉還密，遠山晴更多。
淮南一葉下，自覺洞庭波。

在這漫漫的長夜裡，一片寂寞淒清，西風輕輕拂過青綠的蘿藤，殘留的螢火蟲棲息在露水晶瑩的草間，雁鳥飛掠過夜空。透過晨光，高大濃密的樹更顯得枝繁葉茂，晴空下，遠處的山峰更見重重疊疊。當枝頭有一片黃葉飄下，就可以臆測洞庭湖湧生了秋波。

明為寫景，實則「淮南一葉下，自覺洞庭波」裡，也有對秋光及人生的感傷……

現在，我每天快快樂樂的去游泳，然後歡歡喜喜的回家。長年以來，我游出了健康和樂觀，也讓我工作起來特別帶勁，所有的夢想依然在我眼前，向我熱情地招手。

仍然有夢，仍然有追求夢想的勇氣，這讓我活得格外的興味盎然。

【許渾】

唐・約七九一——八五八

字用晦，一作仲晦，曾任監察禦史，晚年退居丁卯村舍。詩作以五七律尤佳，句法圓熟工穩，喜歡將三字尾的聲調改為「仄平仄」對「平仄平」，人稱「丁卯體」。內容以登臨懷古、追尋閒適生活為多，另因多用水來烘托意境，故有「許渾千首濕」的說法。

情到深處

是因為情到深處，所以無悔？

丈夫外遇，這使得她的婚姻蒙上了陰影，甚至造成了危機。

本來她並不知道這事，雖然有種種蛛絲馬跡令人起疑，她仍舊一再的安慰自己：「丈夫忙於工作，當然不常在家；表現出色，受到長官的器重，出差的機會自然比別人多……」她哪裡曉得丈夫早已在感情上另有發展。

直到丈夫跟她攤牌，「她已經懷孕了，總該給她一個名分。她也愛小孩，不必擔心兩個女兒沒人疼！」

那麼自己呢？就此「讓位」？原來丈夫是這樣算計她，想把她掃地出門。

宋．秦觀〈**鵲橋仙**〉．詞

她在傷痛裡大哭。整天哭，只要丈夫一開口就哭。

丈夫從此不再回來，也斷了她的經濟來源，莫非丈夫是想用這樣的手段來脅迫她就範？幸好有娘家姊妹的支持，她在痛定思痛以後，開始調整心態，出外找事做，一方面自力更生，一方面也讓自己的心靈有個寄託。她從為人清掃開始，當過管家、看護，最後回到她的本行會計工作。因為是專業，比較不容易被取代，也因為逐漸熟稔，得心應手，更有好的表現。

工作，其實也是療傷止痛最好的方法。上天為她關上了門，卻也開了另一扇窗，透過這個小小的窗口，她看到了許多比她更加不幸的真實故事，也看到了許多賺人熱淚的溫暖情誼……

當然，兩個貼心的女兒更是她精神上的最大支柱。

現在，我們都很為她高興，堅強的她早已不再是柔弱的菟絲花了。

只是，每次她提到往日的丈夫時，總是大罵第三者的介入，而不曾提起丈夫的任何不是。

我想，她仍是深愛丈夫的。卻不知丈夫的「劈腿」，腳踏兩條船的「不忠」，在我們的眼裡，是怎樣的不容原諒啊！

唉，或許情感果真矇蔽了人的理性。或許情至深處，便也無所怨尤了。

許多年以後，女兒們都已成家，原本離家的男主人也回來了，帶著一身絕症。那些露水姻緣，早就一拍兩散。有誰願意毫無所圖，一無怨悔，陪伴他走艱苦的、漫長的抗癌路呢？

她一肩擔起了所有的重責大任，盡棄前嫌，彷彿丈夫從來不曾離開過，也從來不曾背叛過。

周圍有那為她打抱不平的人，恨恨地說：「如果是我，我就一腳把他踢到門外去！現在又老又病，還好意思回來，要人伺候？」……

其實是心疼她所受的種種的苦，替她感到委屈和不忍。

只是，旁人又如何知曉，這個她願意付託一生的人，實在是她情有獨鍾。只要他回來就好，一切都可以重新開始。

多麼像是宋朝秦觀在〈鵲橋仙〉中所寫：

纖雲巧弄，飛星傳恨，銀漢迢迢暗度。
一相逢，便勝卻人間無數。
柔情似水，佳期如夢，忍顧鵲橋歸路。
兩情若是久長時，又豈在朝朝暮暮。

彷彿是一片片纖細輕柔的雲彩，翻弄出巧妙優美的形狀；一顆顆迅速移動的星星，在夜空裡，為傳遞離愁別恨而奔忙。銀河如此遼闊，兩岸這般迢遙，默默踏上鵲橋，越過了銀色波浪，只為了每年一次七夕的相逢。就這一次相逢，遠遠勝過人世間千萬次的你來我往。

彼此溫柔的情意，就像那銀河流水一樣的悠長；相逢的美好時光如飛的逝去，短暫得像夢幻一場。真不忍心看喜鵲們，又為他們搭起了別離的橋樑。然而，兩人的感情若能經得起時間的考驗，猶如地久天長，又哪裡在意，是否能天天都從早到晚長相廝守在一起呢？……

情之深摯，竟至於此！……

她陪著他上醫院做化療，伺候湯藥，隨時都在他的身旁細心照料。她沉靜的面容，看不出憂喜，只是不停地忙碌著。

是怎樣真摯的情，可以這般的一往無悔？

是怎樣深刻的愛，可以如此的寬闊包容？

流過心田的感動，常讓我深思良久。

仔細想想：她的丈夫何其幸運擁有她的一往情深，可嘆又為什麼不知珍惜呢？

【秦觀】

宋・一〇四九——一一〇〇

字少遊，號淮海居士。與黃庭堅、晁補之、張耒齊名，號稱「蘇門四學士」。然而，雖出於「蘇門」，卻不同於蘇軾的豪放，其詞性婉約的風格，反而較接近柳永。宋朝蔡伯世說：「子瞻詞勝乎情，耆卿情勝乎辭；辭情相稱者，唯少游一人而已。」清朝陳廷焯《白雨齋詞話》又說：「秦少游自是作手，近開美成，導其先路；遠祖韋溫，取其神不襲其貌。」陳弘治的《唐宋詞名作析評》以此說明，秦觀的作品兼有韋溫的特長，有柳永的基調，也有蘇軾的氣度，可說是一位博觀約取的作家。

由於秦觀仕途不遂，多有苦悶牢騷，所以其詞有文人失意的身世之感，但更多的篇章則是寫男女戀情的旖旎生活，流露消極傷感的情調。其詞的成就在於藝術技巧，筆法縝密，蘊藉含蓄，音律和諧優美，語言清麗自然，為婉約派之正宗。

書卷多情

一直是個愛書的人，也從書的閱讀裡，得到很多的樂趣和啟發。

在我的記憶裡，你也愛看書，大學時讀了中文系，一向頗有文采，後來在雜誌社工作，還嫁給了一個作家。作家文名頗盛，我們卻覺得你也應該來寫，清新的文字一定可以讓你在文壇上有著自己的一席之地；然而，生性淡泊的你，卻選擇了站在丈夫的背後。雖然偶而也寫，質精量少，讓人驚豔，你卻無意深耕。

直到丈夫病逝，二十多年的婚姻生活不得不畫下句點。你有太多的傷痛和不捨，於是，你開始寫一些回顧的文章，篇篇至情至性，動人肺腑。

芬伶看了，跟我說：「要多加鼓勵，這樣的文章，應該讓更多的人看到。」芬伶自己寫得極好，眼界亦高，平日不輕易稱許人，難得這般的讚

金・元好問〈倪莊中秋〉・五言律詩

揚你。我轉述給你聽，你雖然表示謝意，卻說：「這二十幾年的生活如美夢一場，我寧願是一個不必書寫的人。」

這話讓我聽了不忍。固然夫妻情深義重，折翼之痛原是不得已的。先生若地下有知，又哪裡捨得你這般的傷心呢？

往者已矣，生者卻還有未完的旅程要走。只是此後，你難免形單影隻。每遇佳節，惆悵或不能免。

最近我讀金朝元好問的〈倪莊中秋〉：

強飯日逾瘦，狹衣秋已寒。
兒童漫相憶，行路豈知難。
露氣入茅屋，谿聲喧石灘。
山中夜來月，到曉不曾看。

勉強著自己吃飯，卻還是越來越瘦弱；穿著單薄的衣服，已經感受到秋天的寒涼了。小孩子們只會想念，怎麼能明白行旅之人的艱難。夜晚的露水凝結在茅草屋裡，溪流的聲音吵遍整個石礫灘。山裡頭晚上升起的明月，我即使到了早上都還不想看到。

中秋，原是團圓日，如果月圓人不圓，總是憾恨……

書寫，其實是生命傷痛的出口，閱讀也是。

很多人對書都有著各種比喻，我尤其喜歡明朝于謙在〈觀書〉詩裡說：「書卷多情似故人，晨昏憂樂每相親。」實在深得我心。書，的確可以是時刻相隨的好朋友，悲歡與共，莫逆於心，所給的安慰和鼓舞也就多了。

我有個好朋友，在面對人生的困境時，是藉著不斷的閱讀才得以涉渡生命裡的淒風苦雨，暗夜終於過去，盼來了美好的晨曦。

書，為我們展示的，是一個廣闊的世界，一個浩瀚的海洋，更是一個蒼茫無垠的美麗宇宙。

但願，每個人都能從書的閱讀中，得到他所希求的一切，甚至更多、更豐美的回報。

書卷多情，是值得以故人相待的。

【元好問】

金・一一九〇——一二五七

字裕之，號遺山，世稱「遺山先生」。生活在金朝由盛轉衰、被蒙古消滅的時代，為金末元初承先啟後的文學家和歷史學家，被尊為「北方文雄」、「一代文宗」。

二十歲前生活富裕，之後懷著從官抱負，歷經多次科舉考試，始在三十二歲時進士及第，卻因時局紛亂，過著時仕時隱的生活，陷入渴求出仕改變時局，卻又厭倦政治鬥爭的矛盾中。

一二三三年，鎮守汴京城的金朝元帥崔立向蒙古軍投降，元好問在情勢所逼下為崔立立碑頌德，自此一生遭人質疑其氣節，也令他悔恨自責不已。金朝滅亡後，曾被蒙古軍俘虜，軟禁多年。

元好問主張作詩為文要誠摯、寫情性，作品內容實在，語言優美而不浮華。詩詞之作隨著金朝衰弱、戰亂四起，逐漸形成剛健質樸、沉鬱悲慨的風格，尤以金亡前後的喪亂詩詞，兼具意境與議論，反映了當時社會的動亂與苦難。晚年詩作樸素深沉，寫景詩意境清新。

晚年四處奔走編寫亡金野史，包括收集金朝君臣至百姓所寫的詩歌編成《中州集》，以及記載元氏列祖言行及金朝君臣的事蹟《南冠錄》等，成為後人纂修金史的依據。

中秋月色

中秋佳節，是我們重要的節日，月圓人團圓，又是何等的歡快啊。

年少的時候，哪裡懂得這些？在孩童的心裡，只牢牢的記住每個佳節有什麼好吃的，就怕掛一漏萬，少吃了；卻又天真的以為：這樣的日子當然長長久久，年復一年。

然而，我們總是要長大的。到外地讀書、就業，甚至落地生根。能重返家園的機會有限，甚至匆忙的來去。當我們承擔著更大的責任時，父母已日漸衰老，「每逢佳節倍思親」的感嘆，總是縈繞在遊子的心中，不曾忘懷。

中秋節的時候，你記得要吃什麼嗎？

柚子、月餅，絕對是少不了的，當然祭拜祖先，慎終追遠，祭品更是豐盛。更重要的是闔家團圓，我不知道當兒女紛紛離家自立門戶時，家中兩老是否仍然依時過節，那樣的淒清，或者他們寧可忘卻，竟又在琳瑯滿目的應節食品中不得不記起，難免有著幾分惆悵吧。

唐朝詩人王建有〈十五夜望月〉的詩：

中庭地白樹棲鴉，冷露無聲濕桂花。
今夜月明人盡望，不知秋思落誰家？

庭院中的地面，被瑩瑩的月光照成一片銀白，棲息在樹梢上的烏鴉似乎也變白了一些。秋夜微寒，清涼的露水毫無聲息的打濕了桂花，它卻依然幽幽綻放著清香。今晚的月色清朗皎潔，人人都在仰望，只不知有誰會感受到這秋意的淒涼愁緒？

這是中秋望月的情景，少少的文字卻寫出了內心的思念愁懷。我想，那月圓人圓者，只覺得有無限歡喜，好一場團聚的熱鬧！也只有那未能團圓的人，才有這般深刻的感受吧。

多少年來，當我遠遊在外，每逢中秋夜時，對著一輪明月，心中淒涼無可言說，這首詩總是陪伴著我，度過這個原本屬於闔家團聚的夜晚。

【王建】

唐・生卒年不詳

字仲初。

王建是大曆進士。門第衰微，生活貧困，因而更能體察現實社會，同情民生疾苦。他的樂府詩和張籍齊名，世稱「張王樂府」。其題材廣泛，愛恨分明，用字簡潔，入木三分。語言通俗明晰而凝煉精悍，富民歌色彩。節奏短促，激越有力。這是王建樂府詩的獨到之處。寫過宮詞百首，廣泛地描繪宮中風物，成為後人研究唐代宮廷生活的重要憑藉。還寫過一些小詞，別具一格，如〈調笑令〉，守望之情，躍然紙上；又如〈江南三臺〉，雖是白描，也別有情趣。

不寐的眼

我有一些相熟的朋友都是「夜貓子」，越夜越美麗。我想起唐朝韋莊的〈章臺夜思〉：

清瑟怨遙夜，繞絃風雨哀。
孤燈聞楚角，殘月下章臺。
芳草已云暮，故人殊未來。
鄉書不可寄，秋雁又南迴。

冷清幽怨的瑟聲，在漫漫的長夜裡迴盪著，弦柱之間彷彿繚繞著淒風苦雨的悲涼。一盞孤燈之下，聽到楚角聲的哀鳴，此時一彎殘月正沉下章

唐·韋莊〈**章臺夜思**〉·五言律詩

臺。韶花宛若芳草也已零落，依然見不到故人的身影。寄往家鄉的書信無法再投遞，因為秋雁又已經飛回了南方。

這是一首夜思的詩，秋夜的感傷歷歷在目，如此愁懷，怕也難眠了。我慶幸自己在夜深時，不必睜著不寐的眼，靜待天明的來到。

彷彿突然間發現，周圍多的是有睡眠障礙的人。有一天，連從小是健康兒童比賽冠軍的妹妹都跟我說：「我晚上睡不著，得吃鎮靜劑，以免第二天沒有精神上班，影響了工作。」看來，無法入睡的問題大矣！

怎麼會這樣呢？是現代人的壓力太大了嗎？

壓力，的確是健康可怕的殺手。各種身心症都和壓力脫不了關係。我有個朋友不只失眠，還老是暈眩，天旋地轉的滋味嚇人，嚴重時，根本不敢出門，怕昏倒在地遭到不測。她進醫院，做盡了各種檢查，居然查不出病因。後來，醫師跟她說：「也可能是壓力所引起。」要她放慢步伐，輕鬆過日子。於是，她開始學習放鬆，不再像以往，過河卒子拚命向前。

妹妹則利用週休二日去打球，運動的效果很不錯，終於擺脫了長期對鎮靜劑的仰仗。

我其他的朋友，有的用芳香療法，有的買昂貴的負離子床，有的枕進口的特殊材質的枕頭，有的放輕柔的音樂，最多的是吃藥。或許也都有一些效果，至於能持續多久，那就不得而知了。

睡不著覺，是可怕的事。越想睡，卻越睡不著，更是讓人焦慮；而焦慮加速遠離睡眠，失眠竟是這般的無法避免。第二天，只好帶著黑眼圈以及滿臉倦容走進辦公室。

有人數綿羊，成千上萬，越數越清醒，沒完沒了，還是睡不著。

有人用盡各種偏方，依然一籌莫展，睡神仍在遙遠的他方，不肯近前。

有人雖然閉眼，似乎也睡了，卻老是作夢，醒來猶在夢裡，身心俱疲……

我聽來，十分同情，卻也無良法美策可以奉上，以一解煩憂。

我從小頭一沾枕便可入睡，夢也不曾做一個。想來也很無趣，不像我的朋友們，連作夢也可以像連續劇一般的接續呢！我好生羨慕的跟媽媽說起，媽媽卻說，大概是我太單純了。單純？這到底是好還是不好呢？

長大以後，我仍然容易入睡，也幾乎無夢可尋，還是心思單純的一個人。現在，我終於慢慢明白：無須睜著不寐的眼，焦急的等待天亮，其實是上天對我的恩寵，讓我每天清晨醒來，都有飽滿的精神投入工作，該有多麼的幸運！

我真心盼望：夜晚時，每一雙曾經不寐的眼都能輕鬆的閉上，沉沉進入睡夢之鄉，睡得安穩，也睡得甜美。

【韋莊】

唐・八三六——九一〇

字端己，工詩詞，唐朝花間派詞人，詞風清麗。曾任前蜀宰相，諡「文靖」。

創作風格上，雖然不脫深情款語，但仍有淡雅疏散的韻味。況周頤《蕙風詞話》稱他：「尤能運密如疏、寓濃於淡，花間群賢，殆鮮其匹。」王國維謂之「骨秀也」，評價更在溫庭筠之上。

書香

一碗牛肉麵、一場電影、一本書，都同樣要三百塊。如果你身上正好有這些錢，請問你怎麼選擇？

我在雜誌上，讀到這樣一個有趣的問題，隨口問了問我周圍的同事們高見如何？

「那，我要看電影。在電影院裡舒舒服服的，還有聲光畫面，是視覺上多大的享受啊。何樂而不為呢？」小燕是個影迷，她趕緊回答。

「唉，還不如吃牛肉麵的好，熱騰騰，香噴噴。」章說得好像牛肉麵就在眼前，引得人垂涎三尺。我們每個人都笑了起來。看著他面團團的一個人，怎麼都瘦不下來，還有那永遠「寬闊」的腰圍啊，原來是其來有自。

章趕忙又接著說，彷彿怕我們不信似的，「這才是真正的實惠，吃進肚子裡，可誰也搶不走。」……

每個人都各有所見，也很能說出一番道理來。本來嘛，不過是三百塊，能買得一份快樂或滿足，也已經值回票價了。人的志趣不同，一如鐘鼎山林，各有天性。又哪裡能說哪一種選擇才是正確的呢？

只是，我仍然不免若有所失，為什麼愛書的人這麼少呢？倘若，正派經營的出版社、優秀的作家得不到鼓勵和支持，有一天，當我們想看書的時候，會不會連一本好書也找不到了？這多麼讓人引以為憂啊。

好書，可以是我們終身的良師益友。它不只給予我們豐富的知識，也啟發了我們的智慧，提升心靈的境界，更引導我們走向真善美的人生。現實的生活，也許不乏風雨憂愁；然而心中對理想的堅持，卻足以令我們突破重重的阻礙和困厄。我們願意相信，走過陰暗的狹谷，溫暖的陽光會重新照臨；走過坎坷的際遇，我們的步履也將踩踏在坦蕩的大道上。書，提高了我們的精神層次，讓我們了解：在悲喜苦樂的人間，縱有失望，也不應絕望，希望的火苗終會帶來光明。

我曾讀過宋朝朱熹所寫的〈觀書有感〉：

半畝方塘一鑑開，天光雲影共徘徊。

問渠哪得清如許？為有源頭活水來。

半畝大的方塘就像一片明鏡被打開了，水波裡盪漾著蔚藍的天空、雪白的雲朵。我忍不住想要問：池塘啊，你怎麼總能如此清澈見底？池塘回說：那是因為上游不斷有活水灌注進來。

讀書的好處太多了。它讓人知識淵博，心地澄明，遇事才能如實的反映和正確的判斷，一如池塘不斷的注入活水，才不至於混濁，無從分辨。

好書，就是我們生命的源頭活水，增長了我們的智慧。

好書，也的確經得起百回讀。每讀一回，就多得一分領會。藉著它，印證了我們的人生閱歷，從而找出自己未來更好的方向，而不致茫然無所依歸。好書，更可以流轉不息，傳之久遠。我們固然能和千百年前的聖哲促膝長談、把臂言歡，而他們的睿智也足以影響我們後代的子子孫孫。

我從來就深信，一個富而好禮的社會，也必然充滿了書香。那麼，讓我們一起來讀書吧。

【朱熹】

宋・一一三〇——一二〇〇

字元晦，一字仲晦，號晦庵、晦翁，又稱考亭先生、紫陽先生、雲谷老人等。十九歲進士及第，為官十多年，治績顯赫；從事教學五十多年，為南宋著名的理學家、教育家。

承襲周敦頤、程顥、程頤的學說，建立唯心論體系，宣揚「太極即天理」和「存天理，滅人欲」等思想，並將《論語》、《孟子》、《大學》、《中庸》定名為「四書」。曾建立白鹿洞書院，並修復嶽麓書院，皆在四大書院之列。一生著述共有七、八十種，其中有四十部收錄於《四庫全書》中。其學說強化了三綱五常，在元明清三代成為官方哲學，為科舉取士標準。世稱「朱子」，為繼孔子、孟子之後最傑出的儒學大師。

詞作秀正俊朗，意境理性多於感性。此外，也擅長行草書法。

姊妹

我認識一對同胞姊妹，她們的感情很好，個性則大異其趣。姊姊活潑外向，追求時尚，整天都在外頭吃喝玩樂，廣結四方好友。妹妹安靜謙和，是個居家小女子，不是看書、聽音樂，就是幫忙做家事。

小時候只覺得姊姊的鋒頭很健，演講比賽、歌唱比賽、田徑賽，樣樣都有她的參與，也常得獎，是學校裡的風雲人物。妹妹則功課好，靜靜的閱讀，有著甜美的笑容卻不太愛說話。

長大以後的她們，因著個性上的差異，也使各自的人生有了不同的發展。

交遊廣闊的姊姊，有著出色的外型而且精於打扮，當然追求的人多如過江之鯽，她早早擇人而嫁，生了一個女兒。不料婚姻不諧，雙方協議離

唐・王維〈**九月九日憶山東兄弟**〉・七言絕句

婚，姊姊要上班，孩子送回娘家，由媽媽和妹妹幫忙照料。愛玩的姊姊，完全不像個媽媽，說不定連自己也忘了有個女兒呢。反正不勞她操心，她依然打扮得美美的上班、交男朋友。

果然，這個備受矚目的漂亮姊姊很快的再嫁了。幾年以後舉家移民紐西蘭，臺灣的房子留給妹妹打點，瑣碎的事也有勞妹妹一併處理了。

妹妹在公家機關上班，下班後乖乖的回家做家事，陪伴父母。逐漸年邁的父母病痛也不少，真多虧有她在一旁細心照料，還幾次進出醫院，妹妹忙裡忙外，從來不曾有過一句怨言。姊姊雖然曾經回臺探視雙親，只是來去匆匆，逗留的時間有限，一切也都偏勞妹妹了。多年以後，父母先後大去，已是中年的妹妹孑然一身，每天仍然忙個不停，工作之餘跑來跑去，幫姊姊打掃屋子、報稅、領取股東紀念品……

有時，連我們這些相識多年的朋友都看不過去了，「你姊姊可真輕鬆啊！凡事不管，只顧著自己。」妹妹笑了笑，沒有絲毫的不悅，反而很體諒的說：「我姊姊離得遠，她有她的難處。」

這對姊妹很特別，反倒是妹妹在照顧家人，甚至照顧姊姊。做姊姊的，還真是無事一身輕呢。

這般的姊妹情深，簡直可以媲美王維的手足之情了。

我們且來讀唐朝王維的〈九月九日憶山東兄弟〉：

獨在異鄉為異客，每逢佳節倍思親。

遙知兄弟登高處，遍插茱萸少一人。

我獨自在他鄉作客，每逢佳節的到來，就忍不住格外地思念起親人。遙想兄弟們此日登高，採摘茱萸佩帶時，就只少了我一個人。

這首詩是王維十七歲時所作，寫的是重陽節時對故鄉兄弟的思念之情，遣詞用字自然親切而且真摯，「每逢佳節倍思親」，從此千古流傳……

看來這對姊妹的感情也很不錯，尤其，得有這麼個任勞任怨、貼心的好妹妹，幾世修來的福氣，真教人羨慕。

【王維】

唐・七〇一——七六一

王維精通佛學，佛教有一部《維摩詰經》，是維摩詰向弟子們講學的書，王維很欽佩維摩詰，所以自己名為維，字摩詰。被尊稱為「詩佛」。天寶末年，安祿山攻占長安，王維受安祿山脅迫為官。但是他並不願意，曾有詩表白心跡。安祿山兵敗後，王維因此得到赦免，並任太子中允，後轉尚書右丞，世稱「王右丞」。

王維的詩書畫都很有名，多才多藝，還精通音樂，受禪宗影響很大。他創造了水墨山水畫派，還兼擅人物、花竹，被稱為「南宗畫之祖」。

蘇軾評價王維的詩：「味摩詰之詩，詩中有畫；觀摩詰之畫，畫中有詩。」一至今都受到了學者的肯定。王維以五言律詩和絕句著稱。前期的詩多反映現實，後期則是描繪田園山水，田園詩極佳。

且訂重陽之約

當春已闌珊時，我們拜訪了正蘭園。

正蘭園位在臺北三峽的山上，與接天宮為鄰。園名的由來，是取男女主人名字中各一個字，頗有深意，想來是鶼鰈情深。能夠受邀來玩，也是因為我們都曾經是主人的同事。

寄萍開著車從板橋出發，沿途接我們，中間曾去拿披薩和加油，然後就正式上路了。一路上不是暢行無阻，而是走走停停，原因是寄萍雖然來過多次，卻都只是乘客，這次榮膺司機重責，壯大膽子帶著我們上路，卻由於記憶不夠明確，幾次停車詢問，又有時開錯繞回，她似乎有些兒懊惱。其實，在我們看來，根本沒有關係，反正我們見面只在說話，至於在哪兒說？毫無差別。

唐．孟浩然〈過故人莊〉．五言律詩

終於，順著山路，直向山上駛去，也向著綠意深濃處行去。深山結廬，原本也曾經是我們的夢，奈何塵緣的習染一日深過一日，往昔的夢也就飄零了。

我們抵達的時間是下午五點多，主人夫婦要到六點半以後才能回來。多麼寬大的庭園！有秋千、有水池，有蜿蜒的路，還有不同的花草樹木。聽說後院裡還有菜園呢，莫非主人打算將來要耕讀於此，終老斯鄉？

我們在院子裡拍照，房屋兩層，是白色的建築。據說，原屋主是個律師，姿態頗高，然而買屋賣屋各有因緣，終究易主。屋子是挑高設計，看來溫暖舒適，有其品味。

我們先吃起披薩來，還有玉米，然後，有的到屋外蹓躂，有的在削水果，那是她帶來的洋香瓜，還哼起了〈白髮吟〉，珠圓玉潤，不愧是學聲樂的，洋香瓜真甜，每個售價百元。

主人回來了，男主人一派斯文，大學時四處登山，也成就了後來看上這塊寶地的緣由。女主人原本就美如蘭花，風采依舊。他們力主我們應該到接天宮樓上看山，今天下午曾有微雨，雖不見夕照的繽紛，然而雲霧四起，山嵐之美，有如國畫。原來，國畫中所呈現的，其實是實景而非想像。雲霧也是有腳的，慢慢的挪移，從山的這一頭到那一頭，也緩緩的向著我們行來，當我們回到正蘭園聊天時，雲霧也悄悄追隨而至，會不會它也為屋內的歡聲笑語而覺得好奇呢？主人帶來的小狗站在客廳椅子上，對著我們大聲歡迎。牠拚命叫，卻也拚命搖著尾巴，是可愛的吉娃娃，還穿著衣裳呢，可見受到的嬌寵。

男主人說，他來自南投名間鄉下，即使搬到臺北來，也希望能擁有一間小屋，坐落在層巒疊翠之中。如今，因正蘭園而得償宿願，他應該是歡喜的。

本來，我們是要來看螢火蟲，卻由於天候的關係，只看到稀疏的幾隻低飛在草叢之間，點綴得正蘭園也如詩一般。

再訂下次之約？重陽佳節可好？竟彷彿是唐朝孟浩然的〈過故人莊〉了。

那首詩是這麼寫的：

故人具雞黍，邀我至田家。
綠樹村邊合，青山郭外斜。
開軒面場圃，把酒話桑麻。
待到重陽日，還來就菊花。

老朋友特地準備了豐盛的飯菜，熱情的邀我到他的農家作客。我看到村莊的四周，圍繞著碧綠的樹，青翠的山脈橫斜在城外。到了屋裡，推開窗子，就面對著菜園和穀場，我們一邊飲酒，一邊談論桑麻成長的情形。就要盡興而歸了，等到重陽節的那一天，我還要再來和大家一起欣賞菊花的姿容啊！

田園裡，有它的純樸寧靜，安閒自在，那是都會生活的喧囂擾攘所無法想像的，有一種出塵的美，祥和靜謐，讓我們的心，也跟著寧靜起來。

親愛的主人，謝謝你們的招待，不只喝了茶，說了話，單這山嵐和庭園，就已經美不勝收了，何況，還有主人伉儷的殷勤心意！

唐．孟浩然〈**過故人莊**〉．五言律詩

輕輕走過

輕輕走過，從你夢的邊緣。

現在想起來，我們往日的相聚又何嘗不是飄忽如夢？

當同學會時，我問你們：「後來，有誰讀了中文系呢？」

你們卻對我說：「老師，您教我們歷史的啊！」

妍蕙說，她竟愣住了，心裡想：「不是國文嗎？」

榮男告訴我：「當年，我滿心期待您能教我們國文，因為歷史課相較於國文課的時間實在太少了……」

我今天再來回顧，不免有著幾分羞赧。當時年輕的我，仍帶著些許的任性和孩子氣。我還振振有詞的告訴自己：「為什麼我不能將文學藝術的美帶給年少的孩子？為什麼我不能和他們分享生命中最深的感動？」

我居然是帶著初生之犢的勇氣，義無反顧的做著我自認為有意義的事。現在想來，也真是太天真了。感謝上天的成全，我們的確擁有一段課堂上的快樂時光。

於是，當長大的你們，老是跟我提起那些有趣的故事時，我想，或許我當時的堅持並沒有錯，我努力使自己成為一座橋，讓你們藉此跨入閱讀的天地，也領會書頁永恆的芬芳。

人生的憂患太多，好書的確是我們的良師益友，可以終身相伴相隨，它提供了智慧、安慰和勇氣，讓我們能平安涉渡所有塵世的風雨。

然而，卻也有人誠實的跟我招認：當年的他完全不喜歡聽故事，記憶中也無法尋覓出任何一個故事的影子來。當大家興高采烈的追溯那些故事時，他唯有沉默以對。

我沒有說什麼，心中卻有一聲嘆息輕輕的滑落。

原來，能領會文學藝術的美，能被美所感動的心靈，是多麼的幸福啊！

流逝的歲月無法重返，年少時和美的失之交臂，其實是生命裡的一場遺憾，難以彌補。

是不是當年我也有疏失的地方呢？我並沒有發現有一隻迷失的羔羊。或許，因緣也是天定？

課堂上的相遇太短，別後，我們又如蒲公英的四散，有著屬於各自不同的生命軌跡。

年少時，我曾讀過唐朝孟浩然的〈秋登蘭山寄張五〉：

北山白雲裡，隱者自怡悅。
相望始登高，心隨雁飛滅。
愁因薄暮起，興是清秋發。
時見歸村人，沙行渡頭歇。
天邊樹若薺，江畔洲如月。
何當載酒來，共醉重陽節。

面對北山嶺上的白雲環繞，那是你隱居的地方，想你正怡然自得。我登高想遙望你的住處，一顆心早就隨著鴻雁遠去高飛。我思念的愁懷，來自日落西山，詩興也因清秋佳節而引發。在這裡，我常常看到回村的人們，走過沙灘，在渡口歇息。遠望天邊的樹微小得如同薺菜，江邊的沙洲也渺小得像是一輪明月。不知幾時你才能攜酒來到這裡，和我一起陶醉在重陽佳節的氛圍中。

而我，竟然是在遠望中，看到了時光遠逝的身影，不免悚然心驚，又何只是惆悵呢。

是因為別後的歲月太長、思念太深，於是，相逢竟也如夢？

我輕輕的從你夢的邊緣走過，一如我輕輕的走出了往日的夢。

只是，為什麼我是這樣的又歡喜又哀傷？我想要微笑，竟忍不住流下淚來？

黃昏裡的惆悵

她是客家人，在這個客家莊裡，田產最多的是羅家，因為小姑媽嫁進羅家，所以，他們和羅家也是親戚。

讀小學時，羅家小表姊和她同班，她叫羅玉珠。小小的個兒，乖乖的模樣，就坐在教室的前排，話從來不多。

長大以後，小表姊沒有讀大學，早早的嫁了人。她則大學畢業後，在中學教書，兩個兒子還小，丈夫赴美深造。

暑假時，她帶著孩子們回娘家小住，鄉下地方處處都是綠地，孩子們開心的四處玩，簡直樂不思蜀。

有一天早上，她才剛起床，卻看見媽媽匆忙往外走，嘴裡嚷著：「玉珠回來了，我要去幫忙。」這話有一點無厘頭，聽得她有如墜入迷霧之中。

快中午時，媽媽回來了，總算可以細說分明。原來，玉珠小表姊負氣回娘家，住了一晚。一早娘家就開始磨米漿，炊煮成各式各樣的粿，著人挑了去，長輩帶著女兒一起前去向親家賠罪……

她一聽，便也知道自己的婚姻若有任何閃失，也唯有自己一力承擔，娘家的父母恐怕是不能給予任何支援的。

許多年過去了，如今她也走到了人生的夕陽，偶而她讀詩詞，心裡很喜歡。有一天，讀到李清照的〈醉花陰〉，歷經歲月的洗禮，感觸自然不同。

詞是這麼寫的：

薄霧濃雲愁永晝，瑞腦消金獸。

佳節又重陽，玉枕紗廚，半夜涼初透。

宋．李清照〈醉花陰〉．詞

東籬把酒夕陽後，有暗香盈袖。
莫道不消魂，簾卷西風，人比黃花瘦。

大地籠罩在一片薄霧濃雲裡，天氣總是這般的陰黯，多麼讓人發愁，不知該如何排遣這漫長的白日時光，銅香爐裡的瑞腦香已經漸漸燃盡。又到了重陽佳節的時候了，夜晚入睡，枕著磁枕，臥在碧紗帳裡，到了半夜，竟覺得微有秋寒。

黃昏時，我獨自在東籬邊飲酒，菊花的芬芳陣陣襲來。請別說此番情景不憂愁傷懷啊，當簾子被西風捲起，那屋裡的人兒竟然比籬邊的菊花要還消瘦呢！

寫盡了一個女子對心上人的思念，對感情的執著……

婚姻的漫漫長途，箇中滋味，如人飲水，冷暖自知。有時風雨有時晴，也真心感謝上天的成全，她總算有一個圓滿的結局。

玉珠小表姊恐怕就沒有這麼幸運了，幾年以後，聽說她得了乳癌而辭世。

記憶裡，小表姊的身影猶在眼前。夕陽的餘暉正逐漸的隱沒，想起前塵往事，心中不免喟嘆，竟然有著幾分惆悵了。

【李清照】

宋・一〇八四——一一五五後

號易安居士。是著名的學者李格非之女，生長在藝術氣息十分濃厚的家庭裡。十八歲時嫁給金石考據家趙明誠為妻。夫婦倆均雅好詞章，經常相互唱和，並共同致力於金石學的研究。

李清照的詞富於性情與生命的表現，所以作品中明顯地反映出個人生活境遇的變化，大約可概分為前後兩期。前期多描述閨情相思，反映出對大自然的熱愛以及對愛情的追求，熱情浪漫、活潑天真，多有曼豔之作。後期則多寫國破家亡的離亂生活，沉痛哀傷，淒黯沉鬱。其詞在藝術技巧上則別於古人，自出機杼，善用白描手法，以清麗淺白的語句，描繪出動人的形象，人稱「易安體」。

悲歡交集

悲歡交集，其實是人生真正的況味。

行到中年的我們，常要面對的課題是父母的老去，多麼讓我們哀傷難捨。

多年前，家母病危，急診後，被送入加護病房。加護病房有固定的會客時間，通常我都守在門外等待，心中的焦慮，不言可喻。

有一次，居然看到你來，送了我點心，還陪著我說話。那時，你的母親正在臺大醫院做膝關節置換手術。那天的溫暖，讓我一直感念至今。

千禧年家母辭世，不多久，驚聞你的母親腦幹中風，甦醒後，不能言語，無法行動，生活起居都需仰仗他人。你們請了外傭，還有中醫師的協助，有一段時間，甚至還有管家；加以父親的年歲也大了，你們兒女經常回去探望和陪伴。

雖然說手足多，可以相互支援，但更難得的是你們都孝順。兩個弟弟還得每個禮拜輪流去陪老父下棋，幾年來都這樣，也可以看出家教的成功了。

你經常往返於臺北、花蓮之間，一邊是自己的家，一邊是原生家庭，兩方都要兼顧，也可見你的辛勞了。不是一年兩年，而是六、七年，真不是簡單的事。

兩位老人家的健康早已走在下坡，進出醫院都是常事。老化的問題，日漸嚴重，我們也彷彿看到了自己未來的景況，老和病相連，讓情形只有更加的棘手；然而，誰又逃躲得了呢？那都是每個人必須面臨的人生功課。

我們如何看待生死？莊子可以擊盆而歌，我們能那樣的豁達大度嗎？啊，但願有足夠的智慧，不說了脫生死，只希望能平靜的接受。

花落離枝，如果那原本就屬於大自然的現象，為什麼我們仍要苦苦相守，不肯放手呢？

近日，我讀唐朝王維的〈酬張少府〉，即使不過是一首酬答的詩，卻也頗富禪理。

詩是這麼寫的：

晚年惟好靜，萬事不關心。
自顧無長策，空知返舊林。
松風吹解帶，山月照彈琴。
君問窮通理，漁歌入浦深。

已到人生暮年的我只喜歡靜坐，世間萬事也都不再縈繞於心。細想來，自己也沒有什麼良方好策，只知道還是回到舊日的山林來隱居吧。我住在這裡，真有無限的愜意，松風吹開了我的衣帶，山中的明月殷勤照著我在彈琴。如果你要問我窮困通達的道理，就請聽聽那水邊深處漁夫的歌唱吧！

如此深遠的意境，多麼讓人心生嚮往。或許，對人生，我們也該試著這般豁達的看待。

心寬天地寬，如此，我們才能看到人生更深邃的一面，我們才能帶著祝福的心意看著親人的遠離。

如今，你的母親也已息了世上的勞苦，不再有憂傷，讓我們恭謹的送她老人家一路好走，不再風雨淒其，不再泥濘跋涉，她安住在天上。

也願你珍重。

夕陽山外山——送別樂樂表弟

再也見不到你了，每次這麼想，心裡就一陣落寞。即使是面對夕陽美景，在我，也只是酸楚。

前些天，沒來由的情緒低落，覺得非常悲傷。我平日很忙，多半的時間都在工作，心情一直是平穩的。跟朋友在電話裡談到，朋友也很驚奇，她說：「你一向很『陽光』的，怎麼會這樣呢？」可是，我也不知道啊。她還陪我說了好久的話。

昨天晚上，接到大表哥的電話，告訴我你因心肌梗塞，三個半小時後辭世。這個消息令我震驚。你往生的日期，竟是我心緒低潮的時刻，怎麼會這麼巧呢？難道是你來告別嗎？

我問大表哥：「之前，沒看過醫師嗎？」

唐．王維〈**歸嵩山作**〉．五言律詩

「我弟從來不做健康檢查的。他相信生死有命，快樂就好。」是因為學歷史的你，看盡歷代興亡事，也因而了脫生死嗎？是因為你崇尚老莊的思想，也因而看淡了生死嗎？

在姑媽的兒女中，你和我算是談得來的，雖然見面的機會不多。小時候，祖母和我們同住，暑假時，姑媽常常帶著你們來玩，有時還住上一個月。長大以後，你還跟我提起，說：「那時，你都不跟我們玩，整天都關在房裡讀書……」其實，我只是安靜而害羞罷了。

考上大學那年，我北上接受新生訓練後，曾到叔叔家玩，那時你讀建中，寄住在那兒，我們因此會面。大家都長大了，你給我看你們的校刊，紅樓多才子，連校刊也編得不同凡響。幾次聊天以後，你跟我說：「你顛覆了我對女孩子的想法。」原來，你發現我有一些個人的堅持，而不是人云亦云、隨波逐流。然而，一樣米養百樣人，我相信，在這個世界上，比我聰慧而有主見的女子也多的是。你還曾陪著我深夜時，在街道上閒閒的走著。或許是夜太深了，人車極少，燈光寥落。這讓長住鄉下的我覺得不解：「我以為，臺北這樣繁華的大都會，應該是城開不夜的呢！」……

後來你上了大學，臺大史研所畢業以後，到美國的耶魯大學繼續深造，是余英時大師的得意弟子，回國後在中央研究院工作，成了知名的歷史學者，譯著皆豐。多年前，還曾經和琦君女士同時領取金鼎獎，更主持《新橋譯叢》，翻譯社會學大師韋伯的經典大著，也已經由遠流出版社推出。更聽說，你是華人裡第一個研究玄奘譯經的學者。

前些年，家父母先後凋零，告別式時，都曾看到你的身影。謝謝你前來相送，只是那時，我心中大慟，竟至無法言語。沒想到，如今你在盛年辭世，竟成了我們這一代裡最先遠逝的人。我心中的不捨，更與誰人說？

當我讀唐朝王維的〈歸嵩山作〉，竟然覺得是他預言了屬於你的心情，真的是這樣嗎？

清川帶長薄，車馬去閒閒。
流水如有意，暮禽相與還。

唐．王維〈**歸嵩山作**〉．五言律詩

荒城臨古渡，落日滿秋山。
迢遞嵩高下，歸來且閉關。

清澈的川水，夾帶著兩岸叢生的草木，我坐著馬車歸去，多麼的自在。且看那流水，彷彿有意伴我一起歸去，夕陽時候的飛鳥，也知與我同歸。荒涼的城池臨近古時的渡口，落日的餘暉灑滿整座秋天的深山。我千里迢迢的回到嵩山之下，想從此閉門隱居。

對一個歷史學者來說，荒城古渡、落日秋山，都不免另有情懷，歸隱的目的何在？或許，也只是為了讀書、做學問……

想及你雖然短暫卻也充實的一生，該也無憾。親愛的表弟，願你一路好走，走向夢裡的天堂。

我的節日心情

在我們的內心深處會有一個特別的日子，或許來自季節或許來自節日或許來自個人紀念，請把它寫出來，加上一首深情繾綣的詩詞。

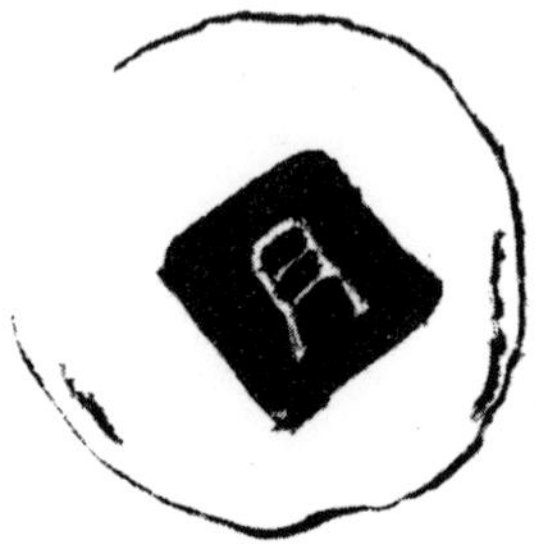

這麼美麗的創作，為我們的生命鑲上了一道耀眼的金邊，迷人眼目。——琹涵

◉陽曆節氣 11月7或8日 立冬・11月22或23日 小雪・12月7或8日 大雪・12月21或22日 冬至・1月5或6日 小寒・1月20或21日 大寒

◉陰曆節日 12月30日 除夕

冬

不免惦記起
曾經有過的憂喜
那是人生的歌
輕輕吟唱
都是深情

輾轉紅塵

當我們輾轉於紅塵，千人千般苦，都有各自的離合悲歡，那正是「人生的功課」。

那天，和幾個朋友一起聊天。我們談到了身陷人生困境的艱難，那時想要攀升何其不易。也談到了橫逆的來到，其實是一個可貴的學習機緣，總讓我們在流淚之餘多有領會，也是一種獲得。

我有一個朋友曾遭遇嚴重的車禍，腦震盪、全身裂痛，幾乎死去。另外一個朋友則骨肉分離，思子心中苦，終生為之抑鬱寡歡。還有一個朋友，身體太差，老是進出醫院，看過一個又一個的醫師，目前需要洗腎……

我有一個新朋友，老是跟我說：「我以前過的很苦……」

有一次，我開玩笑的說：「你算是不錯的，又沒有成為非洲的饑民！」

「可是，我的心裡很苦。」

聽他這麼說，我終究無言。

相形之下，自己的一生受到太多的照拂，師長疼愛，人緣不差，稱得上平順。似乎人生的功課尚未出現，這讓我惶然不安。唉，寧可在年少時吃苦，彼時年輕，陰霾過後，依舊是朗朗晴天；也寧願是在盛壯之年吃苦，有足夠的智慧和體力來涉渡人生的風雨。當我年老，關卡難過，又該如何是好？然而，如果那是命定，逃躲不得，也唯有勇敢面對。

我跟朋友說：「我但願眼前平淡的歲月，能持續到生命的終點。」

朋友卻笑著說：「那，上天太便宜你了。」

最近我讀唐朝孟浩然的〈與諸子登峴山〉：

人事有代謝，往來成古今。

江山留勝跡，我輩復登臨。
水落魚樑淺，天寒夢澤深。
羊公碑尚在，讀罷淚沾襟。

人事不斷的新舊交替，相互更迭，時光不停的流轉，春去秋來，從古代循環到現今。大好江山留下了許多名勝古蹟，我們現在還能登臨賞遊。在天寒水退的時候，魚樑洲淺露水面，草木凋零，雲夢澤裡的水更形幽深。看到當年紀念羊公的碑還在，我讀完碑文，心中百感交集，忍不住淚水沾濕了衣襟。

總是在回顧的時刻，歲月滄桑，悲欣交集……

的確，每個人都有屬於自己的紅塵歷練，人生的路，該如何走得？想必也是各有因緣。生命的重擔，誰也輕省不得，只希望能多結好緣，更希望能得道多助，希望啊希望，我夠堅強也夠聰慧，能平靜的看待自己的一生。

我謙卑的低下頭來，不論紅塵有多少試煉，我都敬謹的接受屬於自己的功課。

初冬的橘子園

初冬的橘子園，採收剛過，然而樹上仍留有不少橙紅的橘子，好像閃爍著慧黠的眼眸，引起我們的注意。

陽光稀薄，似乎抵擋不了氣候的冷冽，但是，這又有什麼關係呢？誰也阻止不了我們高昂的情緒啊！

到山裡來，讓我記起唐朝王維那首膾炙人口的詩〈鹿柴〉：

空山不見人，但聞人語響。
返景入深林，復照青苔上。

在這座空山裡，看不見什麼人，卻聽到有人說話的聲音。陽光反照在深密的樹林中，又在青苔上照出了斑駁的樹影來。

寫出了山林的空寂幽靜，王維的小詩果真美如金玉……

這次，是我畢業多年的雙胞胎學生，邀我去她們三姊家的橘子園玩。她們說：「三姊也是您的學生，畢業二十多年了，可一直沒見過老師呢！」的確，我和雙胞胎常有機會相聚，她們的三姊除了每年托貨運送我橘子外，我不曾見過早已成家立業的她。

如今的她早已成了幹練的女子，為了上班方便，平日他們住在市區，下班後她回山上餵雞、餵狗，先生則一得空就回山上照顧橘子園，很花心思。

居然養了六條狗！當我們到橘子園旁的高爾夫球場散步時，狗兒路比快樂的追隨。牠在如茵的草地上順著斜坡翻滾，為我們展示牠的拿手絕活；有時一溜煙就跑到遠處去，但只要聽到主人召喚，便能立刻飛奔返回。我們看到有兩個人在推桿，旁邊還有桿弟照料，三姊說：「當年的涂阿玉就是這個球場的球僮，後來，憑著天分和苦練，成了高球名將，揚名全世界呢！」是的，英雄不怕出身低，只要有才華，肯苦幹實幹，上天必定會給予豐厚的報償。

橘子樹都不高，摘取起來也方便，我想像採收時期的盛況，必然是結實纍纍，人聲雜遝，熱鬧極了。今年，我們是錯過了那場熱鬧，此時，天地悠悠，景物怡然，也另有一種清雅的美。

我們拿著小剪刀去剪橘子。橘子樹上有懸著的空塑膠瓶，原來外頭噴上黏液以黏果蠅；有的橘子還貼上紙片，為的是怕被太陽給曬傷了。只是，為什麼好些橘子上都有白色的斑點呢？我懷疑的問：「是剛灑過的農藥嗎？」

「不，那是麵粉水，有保護橘子的作用。」

當我們剪橘子時，橘子要被托在掌心，剪下時要留有蒂，才好保存，但蒂又不宜長，以避免放在藍子時相互刺傷……果農辛勞，處處都要用心。我們平日享用橘子時，未必知曉這些。

我們一邊剪橘子還一邊拍照，嘴巴也沒閒著，其樂融融。雙胞胎尤其興奮。回到屋子，她們的母親和阿姨仍在幫著把處理過的橘子一一套上塑膠套，據說可以保存到農曆春節，賣個更好的價錢。兩位老人家都七老八十了，老當益壯，身手俐落，雙胞胎妹妹說：「啊，橘子姊妹，來，拍一張！」大概覺得「橘子姊妹」一詞有趣，兀自笑個不停。

我常提醒自己要深呼吸，山上的樹木多，空氣新鮮，吸入的都是芬多精，有益健康！

當我們揮手告辭時，初冬的橘子園仍靜靜的佇立，彷彿在遞送著無聲的祝福。

冬日的清晨

冬陽微暖，冬日的清晨也美麗如詩。

在這個社區一住也有十多年了，附近有一些學校，校園也開放給居民使用。只是，我太忙了，常匆匆的打學校的圍牆走過，趕著搭車上班，或外出處理事情，或上圖書館借書……有時，我也遇到剛運動完，就要回家的鄰居，打個招呼，就分手了。

週末時，學生不必上課，或許校園開放的時間會更長一些吧。有一天，我終於走進附近的小學，走過警衛室，原來就是大操場，有各種運動設施，還有球場，有兩個小學生模樣的男孩正各自在練習投籃。

我在跑道上走，也有其他的人，有的在一旁做運動，有三、四個人在樹下比劃著太極拳。還有一群銀髮族在跳扇子舞，有指導老師，還放音樂呢。我特別停下來欣賞，他們都跳得很不錯，老師先逐步的教，反覆再三，然後大家再跟著音樂一起跳，看起來有模有樣的，扇子一開一合，更增添了姿態的美。仔細看來，還是老師跳得最好，舉手投足的呼應，宛如行雲流水一般。彷彿看的不是舞蹈，而是書法。當然啦，更重要的是，不管他們跳得如何，至少每日的晨間運動，早已為他們贏得了健康。

我一連快走了好幾圈，覺得身子有些兒乏了，就坐下來歇一歇。校舍寧靜，週末，未聞朗朗讀書之聲，想像平日的此刻，絃歌不輟，該也是另一種天籟了。教育，是國家的百年大計。人才，更是國家富強的根本。

微藍的天空，有白雲緩緩行過，還看到有雁群飛掠而過，繞了三、四圈呢。雁過也，正開心。是對早起運動人們的祝福嗎？

冬日的清晨，天氣微涼而不寒，的確是個很好的時刻。可以運動，可以讀書，也可以沉思冥想……不論做什麼，都讓人感到歡喜。

我曾讀過和冬天有關的詩，如宋朝劉克莊的〈冬景〉：

晴窗早覺愛朝曦，竹外秋聲漸作威；
命僕安排新暖閣，呼童熨貼舊寒衣。
葉浮嫩綠酒初熟，橙切香黃蟹正肥；
蓉菊滿園皆可羨，賞心從此莫相違。

我愛清晨的陽光，早上醒來，只見晴朗的光映入了窗櫺，我起來，秋風逐漸發威，催竹作響。要傭人把新蓋的暖閣布置起來，讓僮僕將往日的冬衣熨妥。這時，新釀的酒已初熟，顏色就像嫩綠的竹葉，切開新橙，顏色鮮黃芬芳，霜降過後，蟹正肥美。滿園的芙蓉和菊花，清香處處，多麼讓人羨慕，真是賞心樂事，但願從此不要相離。

寫的是秋末冬初，景色之美，令人難忘。

我在冬日的清晨，得著這般的神清氣爽，竟有如詩歌一樣的美好。

【劉克莊】

宋．一一八七——一二六九

初名灼，字潛夫，號後村居士，為南宋愛國詩詞家。入仕後，曾因詩得罪權貴，後以「文名久著，史學尤精」被賜進士，歷任多項官職，並因彈劾宰相史嵩之而被貶官五次。

詩作吸收晚唐的刻琢精麗，也承襲愛國詩人陸游的雄偉豪放；詞作繼承辛棄疾的革新精神，並發展詞的散文化、議論化，一生創作大量的愛國詩詞。

不一樣的感覺

創意可貴，追求的是不一樣的感覺。

我讀北宋杜耒的〈寒夜〉詩：

寒夜客來茶當酒，竹爐湯沸火初紅。

尋常一樣窗前月，纔有梅花便不同。

在寒冷的冬天夜裡，有客人來訪，我以熱茶權當是酒請他，竹爐上的水正滾沸著，炭火也燒得熾紅。和平常一樣的窗前明月，只因今夜添上了梅花的清香，便覺得與往昔有很大的不同了。

詩中洋溢著故人來訪的欣喜，有爐火有熱茶，一掃寒夜的淒冷，只覺得溫馨滿懷。尤其，窗前的月亮原本尋常，卻因為有梅花傳送清芬的氣息，便感覺一切大為不同了。的確，友誼和梅花，同樣的芬芳，詩人的感觸何其敏銳。

看似隨意瀟灑的寫來，其中卻有詩人喜悅的心情，無可遮掩，多麼的耐人尋味……

有一天，我的朋友跟我說：「我要的是，不一樣的感覺。」

我點點頭，表示明白。她大學時讀的是音樂系，在國中教音樂，也喜歡文學，目前正利用餘暇在學畫。

我本來打算出門的，卻接到她要來的電話。原來，她想給我看她剛完成的一幅畫。是鉛筆畫的人物。一個沉靜的美麗女子，有宛如瀑布的長髮，姣好的側面容顏，別有一種說不出來的韻味。手持一枝含苞的紅玫瑰，就放在胸前，玫瑰豔麗，綠葉好似掐得出水來，花葉枝幹都著了色彩，成為整張畫的焦點。非常的突出，實在是一幅傑作。

她從小喜歡畫人物，尤其是工筆細描，頗為栩栩如生。有時，也畫漫畫，求其快速傳神。漫畫，多半在教室的黑板上即席揮灑，立刻擄獲了小男生小女生的心，粉絲多到不計其數，他們都說：「這老師不只很會唱歌，還很會畫畫呢！」有一次，她去聽一個演講，才三兩筆就勾勒出演說者的神采飛揚，末了，還慷慨的送給演說者留作紀念。

雖然她拜師學畫也不過是近兩年的事，然而由於有著原先的興趣和根柢，也讓她進步神速，連老師都對她嘆賞有加。

就是要一個「不一樣的感覺」，也許這就是創作的發源吧。

我又仔細看了那幅畫，還是覺得很美。美在別有韻味，也美在不落言筌，卻直接扣響了心弦。

她還給我看一張圖片，原來她的畫是由此描摹而來。然而，實在是大相逕庭，原作十分黯淡不明，只依稀看得出那女子的輪廓，也依稀面貌娟秀。朋友的畫卻明朗而寬闊，更為引人遐思。顯然，其間有了她的再創作，也融入了她的感情和期待。是因為這樣，才更加動人的吧。

看來，不一樣的感覺，對創作而言，還真是不可或缺。

【杜耒】

宋・生年不詳——約一二二七

字子野，號小山，曾任官職，死於軍亂。

游泳池畔一朵花

阿華，是游泳池畔一朵花。

我常想，如果她是花，該也是我心目中的那朵特別堅毅的花。一如宋朝王安石在〈梅花〉詩中所寫的：

牆角數枝梅，凌寒獨自開。
遙知不是雪，為有暗香來。

牆角邊有幾枝梅花，在天寒地凍中，獨自的綻放著。遠遠的望去，好像一堆白雪，但我知道那並不是，因為，迎面有梅花清幽的香氣，正一縷縷的傳來。

描寫梅花在寒天裡開花的情景和那獨有的清淡幽香的氣息，表現出不畏風雪，毅然勇敢的精神，又是怎樣的堅忍不拔啊。詩人只以寥寥數語，卻寫出了梅花獨有的特色，神韻天然……

阿華的身材極好，泳技更是一級棒。剛來時，她游抬頭蛙，從容、優雅，宛如美人魚，我們常常都看呆了。奇怪的是，她只游抬頭蛙。可是，長期游抬頭蛙，不利頸椎，連醫師都不表贊同。後來，我們才知道她根本不會換氣，當然，好為人師，是一般人的通病，我們立刻義不容辭七嘴八舌的教，她簡直不知該聽哪一個的好？畢竟聰慧，一點就通。現在呢？不管抬頭蛙、潛水蛙，什麼蛙都會了，連捷式、仰式，也都難不倒她。

其實，她的年紀比我們都大。啊，還真是看不出來，身材窈窕，足令君子好逑。她是單親媽媽，丈夫早逝，獨力養兒育女，不可謂不辛苦。開了一家精品店，貨源來自日本，所以，每個月在固定的時間，她都得到日本去補貨。她的泳衣非常漂亮，一看就知道是東洋貨，花色別致，常是她的日本友人送的，因為知道她游泳，可是她並不賣泳衣。

前兩天，我在泳池，遠遠的看到她穿了一件深藍色泳衣，左下角有大朵黃色的向日葵，耀眼奪目，十分美麗，大概又是日本友人送給她的。

兩年前，她曾有好一段時間都不見人影，彷彿銷聲匿跡了。我們打聽的結果，居然是住進了榮總的加護病房。這到底是怎麼一回事？原來，她突然昏迷不醒，兒子機警，發現後，立刻送醫診治。聽說是腦部的病變，並沒有開刀，而是經過治療，讓血塊自動分解吸收，住院觀察了二十幾天，終於康復回家，多麼讓人為她高興啊。

笑咪咪的她還說，以前怕熱又怕冷，常覺得不太舒服，現在反而一切都正常了。難道是當初的腦瘤壓迫了某一部分的神經嗎？

知道她比以前更健康，這真教人歡喜。

今天，她跟我說，要送一件泳衣給我。

我開心的說：「好啊！好啊！」心裡卻不免有一點兒遲疑。

她接著說：「是藍色，兩截式，相信你會喜歡。」果然觀察入微，是一個體貼的朋友。

她還說：「因為別人送了我兩件相同的，所以一件轉送給你。」我當然明白那是她的善意，即使相同，她也大可以留著自己穿的。

「啊，希望穿起來，可以跟你一樣的好看。」呵呵，縱然沒有可能，但雖不能至，心嚮往之。

真心謝謝阿華。

宋．王安石〈**梅花**〉．五言絕句

喜歡圖書館

喜歡圖書館，是喜歡那種坐擁書城的快樂，還有那與書相伴、相親的感覺。

也許一直都是一個孤單的小孩，也有手足，感情也很好，只是個性不同，不太能玩到一塊兒去。忙碌的父母，很難有更多時間的陪伴，母親因此帶我上圖書館，讓書成為我的玩伴。

的確是最好的玩伴，提供了寬闊迷人而又豐美的世界，足以讓人流連忘返。書的好處百百種，只是它不說話。到底不說話是優點還是缺點呢？我不知道。只是，我也一向是個話很少的人。我總覺得，說話累，能少說就少說，能不說則更好。讀大學時，班上的男生幾乎不曾聽過我的聲音，還曾向我的室友打聽，我在寢室裡是不是也不說話？

還是愛看書，還是喜歡圖書館。即使，後來教書了也一樣。

有一年摔斷了腿、打上石膏，等拆掉石膏後，驚訝的發現：居然行不得也。我嫌復健費事，心想：就自己多走幾遍好了，可是走往哪兒去？逛街沒興趣，公園人太多，還是圖書館好，每天都去，看書看報看雜誌，開心極了，很快就可以行走自如了。

好書，因此成了我一生的知己和良伴。

我極為喜歡明朝于謙的〈觀書〉：

書卷多情似故人，晨昏憂樂每相親。
眼前直下三千字，胸次全無一點塵。
活水源流隨處滿，東風花柳逐時新。
金鞍玉勒尋芳客，未信我廬別有香。

明．于謙〈觀書〉．七言律詩

在我，書真像是老朋友一般的情深啊，早晚憂樂之間有它相伴相親。

一眼就可掃過三千字，一旦浸淫在書頁之中，內心再無絲毫塵俗的雜念。常讀書，就像池塘不斷有活水注入永遠如新；更像東風催得百花綻放、綠意染滿柳枝般的一片生機盎然。那些尋花問柳、玩物喪志的貴公子們，哪裡懂得我的書房四季如春、芬芳洋溢呢？

我真心以為，這首詩，是為愛書人所寫；也只有愛書人方能欣然會意吧。

至於，有什麼職業是我喜歡的？圖書管理員。然而想一想：當夢想成真，會不會也大嘆苦水呢？客人沒有公德心、不愛惜公物、喧嘩吵鬧、胡亂告狀……？

每一種行業都有各自的苦，或許還是安於現狀最好，得空時，就上圖書館去，看書報也好，借書也好，都是歡喜的事。

【于謙】

明・一三九八——一四五七

字廷益，號節庵，官至總管軍務的少保，世稱「于少保」。進士出身，受明宣宗、英宗賞識。個性剛強，為官廉潔正直、盡忠職守。在英宗被瓦剌俘虜的土木堡之變後，力排南遷之議，請郕王即位為明景泰帝，並指揮北京保衛戰取得勝利，為一大功績。但在英宗復辟後，于謙被誣陷謀逆罪而入獄冤死。于謙與岳飛、張煌言，合稱「西湖三傑」。

溫暖與寒涼

謝謝你這麼多年來待我的好。

也是許久以前了，我去圖書館。那個圖書館在四樓。電梯的門開了，我邁步出去，有人站在門口，應該是準備要下樓的，看到我卻停了下來，面孔我記得。那是你。你說：「我是美容，你恐怕不記得了，我們曾經見過……」的確，我們曾經見過一次，那是一個假日，朋友守如請客。由於我不曾去過守如家，於是，我們幾個朋友相約在公車站牌，打算一起搭計程車前往。

那時你在臺南工作，假日回臺北，陪著你的母親正巧打從我們的面前經過。我不認識你，其他的朋友們卻開心的喚住了你，很熱心的邀你們一起去，說你也是主人的好朋友。

我們真的去大吃了一頓，飯後，還到守如家唱歌，伯母和你的歌聲都好，讓我印象深刻。

那真是快樂的一天。幾年以後，聽說你離職，回到臺北……

你接著又說：「聽說你受傷了，現在好了嗎？很抱歉，我沒有去看你。前兩天，我才聽說的。」

謝謝你，對只見過一面的我如此的關心和友善。

那次我傷在手腕，醫師說，半年會好。可是，都快一年了。那受過傷的手很不好用，老讓我覺得沮喪。

你跟我說：「有人曾經送我網套，一組兩個。我送你一個，好嗎？聽說效果很好，可是我沒有用過。據說是經由遠紅外線處理，套在手腕上，就可以了。」

你果然很快的送來，也的確有效，我當時真的是那樣的覺得。

當我的手又能運用自如，幾乎完全忘卻曾經受傷的往事，真該謝謝你。

我還記得，有另一個朋友對於我的受傷，就完全沒有反應。我曾經不斷的幫她的忙，持續有好多年。我熱誠的付出，其實也毫無要求回報之意，人生，不是應該「以服務為目的」的嗎？

有一次，她又開口要我幫忙，然而，我的手傷未癒，根本不能寫字，實在有困難。我委婉的陳述，她竟然毫無表情，連一句簡單的問候都沒有。或許，她心中從來不曉得「關懷」兩個字是怎麼寫的吧？那一刻，我的感覺很特別。那是一種深刻的感受到，被利用後，卻棄之有如敝屣，不加聞問的寒涼。

相形之下，你多麼的溫暖。

也許，人世間的悲喜原本尋常，我們都不過是大千世界裡的過客，最近，我讀唐朝李商隱的〈北青蘿〉，內心的領會更深一層。

詩是這麼寫的：

殘陽西入崦，茅屋訪孤僧。

落葉人何在？寒雲路幾層。
獨敲初夜磬，閒倚一枝藤。
世界微塵裡，吾寧愛與憎。

一抹殘陽從山後西沉，我去尋訪一個住在茅屋裡的孤獨的和尚。滿山的黃葉紛飛，卻不知人在何處？只見冷清的雲繚繞著這幽曲的小路。夕陽西下時，我聽到他獨自在敲磬的聲音，走近一看，原來他斜倚在一枝青藤上。唉，這個大千世界也不過是微末的塵土，我又何必存著喜愛和憎惡的情緒呢？

如果，我們跳脫不出一己的悲喜，或許，我們仍應精進的學習吧。謙卑和努力，都是我們應有的態度，不論我們處在怎樣的境遇裡。

【李商隱】

唐・約八一三——八五八

字義山，號玉谿生、樊南生。與同時期的段成式、溫庭筠風格相近，且都在家族裡排行十六，故並稱為「三十六體」。和杜牧合稱「小李杜」，與溫庭筠合稱為「溫李」。

李商隱早年生活貧苦，懷才不遇，又遭遇朋黨爭鬥的災禍，一生寂寞悲涼。憂時傷國的情懷加上個人不幸的際遇，化為創作，也成就了他文學的地位。

李商隱的詩詞藻華麗，善於描寫及表達細膩的感情。七律、五言排律和七絕皆佳。清朝詩人葉燮在《原詩》中評李商隱的七絕「寄託深而措辭婉，實可空百代無其匹也」。他的格律詩繼承了杜甫在技巧上的傳統，部分作品風格也與杜甫近似。他經常用典，而且艱深難懂，有所獨創，喜用各種象徵、比興的手法。

李商隱的愛情生活，被後人投以無限的關注，起因於李商隱以〈無題〉為題的詩歌中，常含蘊一種撲朔迷離而又精緻婉轉的感情，費人疑猜。李商隱的詩用字婉曲唯美，在典雅之中又帶有哀淒凝重，綿邈難言。

那年冬至

那年母親病得沉重，冬至到時，我煮好了湯圓，端到母親的床榻之前，我說：「媽媽，今年的運氣不好，吃了湯圓，就過運了。」食欲一向不好的母親，沒有說話，卻順從的吃下。或許，她也願意相信，吃了湯圓，就算是過年了，所有的壞運氣也跟著了結了。

然而，母親的病情並沒有隨著好轉，不過才十來天，甚至還等不到舊曆新年，就永遠離開了我們。

那是我生命中最為黯淡的一個冬至。

我曾讀過唐朝杜甫寫的〈冬景〉一詩：

天時人事日相催，冬至陽生春又來；

刺繡五紋添弱線，吹葭六管動飛灰。
岸容待臘將舒柳，山意衝寒欲放梅；
雲物不殊鄉國異，教兒且覆掌中杯。

天時人事，每天都變化得很快，一轉眼又到冬至了，過了冬至，白日漸長，天氣逐漸回暖，春天也即將到來。刺繡女工因著白晝變長而可以多繡幾根五彩絲線，吹管的六律已飛動了葭灰。堤岸也好像等著臘月的來臨，好讓柳樹舒展枝條，抽出新芽，山也彷彿要衝破寒氣，好讓梅花熱烈綻放。我雖然身處異鄉，然而，此地的景物和故鄉的並沒有什麼不同，因此，我讓小兒斟上酒來，一飲而盡。

詩人雖身在他鄉，然而雲物不殊，教兒斟酒，舉杯而盡，也是一種痛快。冬日雖然冷冽，但是春天就要來了，詩裡透露著詩人閒適的心情……

冬至的應節食品，各地不同，北方多吃水餃或餛飩，我們南方則吃湯圓。至於冬至為什麼要吃餛飩呢？依據《燕京歲時記》說，那是因為餛飩的形狀像雞蛋，一如天地混沌的景象，所以要在冬至那日來吃。大約是從宋朝開始，元宵也吃湯圓。明清以後，江南人也在冬至以湯圓祭祖、祭灶。如今的湯圓，花樣更多，有各種口味、顏色，或甜或鹹，或大或小，或有餡或無餡，應有盡有，不一而足。

也有人選在冬至進補，因為天氣冷，為了禦寒所需，多以肉類為主，加上滋補的藥材，也的確符合養生之道。

我不愛吃糯米的食品，湯圓也不愛。年少的時候，每到冬至，我常說：「我不吃湯圓，以免吃了湯圓又長一歲。我從十八歲起就不吃了，所以，我年年都十八。」當然，也只是玩笑的話，縱使我什麼都不吃，隨著歲月的流轉，也一樣會老了年華，白了青絲。

只是，當母親遠逝後，如今，每到冬至，我另有一種更為深切的懷念和哀傷。

傾聽寧靜

一直是個安靜的人，也經常有機會傾聽寧靜，和寧靜為友。

有一年我骨折受傷，打上了石膏的腳沉重異常，挪移時，還得藉助枴杖，很不方便。大半的時候，我如果不是躺著，便是坐著。

我用那段難得的時光來讀書，讀我平常買的卻無暇讀的書，不論小說、散文、傳記。或許是在療養期間，更有一份深刻的清明，內心常為文學的美而感動。我更大量的默誦古典詩詞，多麼優美的文字和深遠的意境啊！足以讓人忘卻身體的病痛和世俗的煩憂。

好朋友們不放心，也常常跑來探望。有一次秀珠還問我：「都不能出去玩了，你會不會覺得很悶呢？」

「不會啊，也很好啊。」我這樣回答她。

清・黃景仁〈**癸巳除夕偶成二首**〉其一・七言絕句

兩年前，秀珠也曾腳踝受傷，痊癒以後，她四處趴趴走，一會兒去花東，一會兒又去高屏。現在想來，或許在心理上，那是為了病中無法行走的彌補吧。

還真有趣呢。

平日我外出，傾聽別人的煩憂，悲憐世間的疾苦，畢竟我不是醫師，無法施予援手以消災解厄，只得在同情裡，多說幾句溫暖和鼓勵的話語。生病時，我在家傾聽寧靜。晨光中的花笑鳥啼，夕陽餘暉裡，微風的輕拂，眾樹的低語……我也向書頁間去尋訪聖賢的智慧和經驗；我更在寧靜裡，努力傾聽屬於自己內在的聲音，作為生命中回顧與前瞻珍貴的憑藉。

天光雲影固然美，傾聽寧靜更是美。

曾經有一年的除夕，我邀了好朋友們來家裡吃年夜飯，熱熱鬧鬧的飯局結束了，好朋友們也都陸續回去了，我在安靜的夜裡讀詩，讀到清代詩人黃景仁的〈癸巳除夕偶成二首〉，其一為：

千家笑語漏遲遲，憂患潛從物外知。
悄立市橋人不識，一星如月看多時。

除夕夜時，千門萬戶，家家都是笑語喧嘩，一片歡樂的景象，然而，我卻從世俗之外深深明白人生的憂患，不禁更加覺得更漏的遲遲，長夜的難熬。當我悄悄獨自站在市橋之上，無人相識，當然也無法體會我所感受的憂患。此時，眼前的一顆星明亮如月，我看望多時，竟彷彿只有它才能瞭解自己的心意。

當千家笑語盈盈中，詩人卻敏銳的感受到人世的憂患，孤星相伴，或許有著幾分寂寥，不也傾聽了無邊的寧靜嗎？

在這無常的人世中，我但願自己動靜皆宜，不論處在怎樣的際遇裡，都能平心靜氣，自求多福。

清．黃景仁〈**癸巳除夕偶成二首**〉其一．七言絕句

【黃景仁】

清・一七四九——一七八三

字漢鏞，一字仲則，號鹿菲子。家境清貧，少年即負詩名，但懷才不遇，曾從伶人乞食，粉墨登場。三十四歲時為候補縣丞，但未及補官即抱病身亡。現代作家郁達夫的小說〈采石磯〉即以黃景仁為主角。

詩學李白，風格悲苦，多抒發窮愁不遇、寂寞悽愴的情懷，但也有纏綿悱惻的愛情詩，以及刻畫山水景物、人情事態、懷古詠史的詩篇等。

給夢想一把梯子

我們對面站著，居然認不出彼此來，實在是分別太久了。有十多年了吧？或者更久？

方阿姨因為動了人工膝關節的手術，暫時不能爬樓梯。畢竟年事已高，孝順的兒女安排她住進老人養護中心，風景美麗，卻也寂寞。

三人一間的住房，稱得上整潔，另外兩個人都有失智的現象，鄰床的婆婆有九十好幾了，她們不說話，也沒有意見。方阿姨算是情況最好的了，頭腦清楚，生活上能自理，只是走路還不方便，仍然在做復健。

「我不知道以後要怎麼安排？是換到安養區嗎？還是回家呢？」

我勸她：「等完全康復了再說，如果能爬樓梯，回家也好。」

「安養區要兩個人一間。我希望能找到一個談得來的室友，脾氣溫和的，一起欣賞風景……」

方阿姨，這樣的條件有一點難喔。歷經人生離合悲歡的您，早該學會即使一個人也有他的快樂，也能活得自在。朋友是人，各有其優點和缺點，相逢是緣，哪能事事盡如人意呢？

人生的歷程也如同花的開落、四季的更迭。如果這樣，傷春悲秋不也顯得多餘嗎？讓我們平靜的接受所有紅塵的試煉，或許那才是更有智慧的作法吧？

我曾讀過唐朝崔塗的〈除夜有懷〉一詩：

迢遞三巴路，羈危萬里身。
亂山殘雪夜，孤燭異鄉人。
漸與骨肉遠，轉於僮僕親。
那堪正漂泊，明日歲華新。

巴郡巴東巴西，距離家鄉有多麼的遙遠，漂泊在這千萬里外的艱險之地，容身何其不易。眼前的山巒錯落，大雪下到更殘漏盡，只見一盞孤單的燭火，徹夜陪伴著我這異鄉的客人。我與骨肉親人，不覺漸離漸遠，只有身邊的僮僕，反而跟我越來越親。漂泊天涯的酸苦，有誰能禁受得了呢？當除夕一過，明天又是新年新春了。

這首詩寫除夕之夜羈居在外地的感懷。離愁鄉思，多麼讓人不忍……然而，方阿姨有的是孝順的兒女，暫居在外，也只是一時的權宜之計，改天情況好了，當然就可以回家享受天倫之樂。

方阿姨無須天涯漂泊，又是何其幸運啊。

人生不能沒有夢想，但請先給夢想一把梯子吧，寬容、感恩和愛，我們才能摘到夢中的星子。

【崔塗】

唐・八五四——不詳

字禮山，僖宗光啟四年進士。家在江南，卻因遭逢亂世而飄泊一生，長期羈旅巴蜀、吳楚、秦隴等地。詩文多以飄泊生活為題材的懷鄉、送別之作，情調蒼涼。

我的節日心情

在我們的內心深處會有一個特別的日子，或許來自季節或許來自節日或許來自個人紀念，請把它寫出來，加上一首深情繾綣的詩詞。

這麼美麗的創作，為我們的生命鑲上了一道耀眼的金邊，迷人眼目。——琹涵

生活之味 07

慢享 古典詩詞的節日滋味

作者：棨涵
插畫：王春子

總編輯：陳靜惠
編輯：洪禎璐
編輯協力：董淨瑋
封面設計：霧　室。
電腦排版：宸遠彩藝

社長：郭重興
發行人兼出版總監：曾大福
出版：夏日出版社

發行：遠足文化事業股份有限公司
地址：231新北市新店區民權路108-3號6樓
電話：(02)2218-1417
傳真：(02)2218-8057
電子信箱：how.summer@gmail.com
客服專線：0800-221-029
劃撥帳號：19504465　遠足文化事業股份有限公司

法律顧問：華洋國際專利商標事務所 蘇文生律師
印刷：成陽印刷股份有限公司
初版一刷：2011年6月
定價：280元
ISBN：978-986-86895-4-1

國家圖書館出版品預行編目(CIP)資料

慢享 古典詩詞的節日滋味/棨涵作
——初版．——
新北市新店區：夏日出版：遠足文化發行，2011.06

——面；公分．——（生活之味；7）
ISBN 978-986-86895-4-1（平裝）

855　　　　100007782